JN163556

忘れられた傘の会

WASURERARETA KASA NO KAI

豊島 清子

忘れられた傘の会

目次

I

Ⅱ

I

サーカ峠

山の峰に残雪が光る五月、北国の春はうそ寒かった。人々は肩をすぼめて歩きながら峠を見ては、あの山奥には鬼が住んでいるそうな、恐ろしいのう、とささやいた。

山奥に住むという鬼は、父鬼ヤソと母鬼アカダ、息子のサーカの三人だった。この鬼の家族は山を切り開いて田畑を作り、裕福な暮らしをしていた。が、先達（せんだっ）て鬼が島で赤鬼と青鬼の戦があり、父ヤソと母アカダは戦にかりだされた。青鬼は負け戦、父と母は討ち死にとの訃報（ふほう）は、若いサーカを打ちのめした。サーカは父母を恋い慕って毎日泣き暮らしていた。語る者のない山中の一人暮らしはさぞ寂しかっただろう。

ある日、サーカはつと立ちあがり外に出た。麓（ふもと）の村の子どもたちの遊びを見ようというのだ。子どもたちの楽しい笑い声を聞けば、おらの胸も晴れて楽しくなるだろう。そう思ってサーカは峠を下りた。子どもたちが五、六名遊んでいた。しかしサーカの姿を見た子どもたちは、サーカを指差して、鬼が来た、鬼が来た、と叫びながら逃げて行き、家々も戸を閉め切るありさまだった。

サーカの胸は張り裂けそうだった。悲しみのあまり頭がくらくらした。鬼とは恐ろしいものなのか、おらは恐ろしいものか。そうだ、おらは鬼なのだ、おらの親も鬼だった。

（こら、サーカ、お前は鬼じゃぞ）

どこからか聞えてくる叱咤（しった）の槌（つち）。この槌は無残にサーカの頭を打つ。サーカの心に、山をも揺るがす嵐が吹き荒れた。ああ、どうしよう。おらはどうすればいいのだ。

思い悩み疲れたサーカは、すごすごと我が家へ帰って行った。物思いに沈んでいるうちに、サーカはうつらうつらと居眠りをしていた。すると夢の中に両親が現れてサーカに言った。

「サーカ、悩むでない。人間も鬼も五分の魂を持つ生きものじゃよ。それとな、サーカ、お前に言い残すことがある。我が家の蔵にある全ての物を人間にあげなさい。サーカはもう十七歳の若鬼だ。気持ちを奮い立たせて田畑を耕し作物を作れば、一人で十分暮らしていける。我は鬼なりと正しい心を持って生きるのだ」

「あっ、お父さん！　お母さん！」

と見れば影もなく、ただ父母の残した温もりだけが漂うていた。

蔵には米俵が積み上げられている。この米俵は我ら家族が共に働いて収穫した米だ。父と母は麓の村の人たちにあげたいと言っていたが、人間が鬼を恐れて近寄らぬため、あげることができずに米は年々増えて、一の蔵、二の蔵、三の蔵、四の蔵まで建ち並んでいるが、四の蔵にはわけがある。

ある日、父と母が庭に出て夕景色を見ていた時、彼方より盗賊の一団が現れた。

「あれは盗賊だぞ。アカダ、剣を持って待ち受けよ」

そう言って、父は剣を構えて待ち受けていた。

父と母は盗賊が目前に来た時、

「こら、盗賊め！　おのれら弱き良民から盗んだ品々の荷駄(にだ)をそこに降ろして立ち去れ！盗まれた弱き者らに我らが返そう」

と大音声で立ち向かった。

の角をどうすればよいのだ」

苛立っているところに、みすぼらしい少年が現れた。突然の少年の出現にサーカはびっくりした。しかし少年は恐れる様子もなく、

「ここが鬼様の家で？」

と聞いた。

「そうだ、おらの家だ」

「あちらに見える家は？」

「あれは蔵だ」

「へえっ？」

少年はびっくりしたような声をあげた。

「あなたはどうしてここにいるのだ？　どこから来たのだ？」

「おらは、自分がどこから来たのかわからねえだよ。小さい頃からいろんな所を歩いていただ」

「何を食べていた？」

と、サーカはこの不思議な少年に聞いた。

みすぼらしいなりをしているが美しい少年だとサーカは思った。鬼の目にも美しいものは美しいと映るらしい。

「人が投げてくれる物を食べて大きくなっただ。でも、今は働くだ。町や村を歩いて仕事があれば働きますだ。先日、麓の村に来たが、あの村は貧しい村だ。仕事をさせてくれる人は一人もいねえ。それで子どもたちの遊びを見ていたら、いきなり、鬼が来たぁ、鬼が来たぁ、と叫んで逃げていっただ。家々も戸を閉めて、おらも締め出されましただ。それで人間の恐がる鬼とはどのようなものかと思って、おら、見にきましただ」

「そうか、よく来てくれた。おらは一人ぼっちの寂しい鬼だよ。おらの名前はサーカだ。あなたの名前は何というのだ？」

「おら、日光の山の麓の草道で這っているのを村の子どもたちが見て、クマだぞう、クマだぞう、と叫んで逃げたそうで、クマゾウとみんなが呼んでいたのを覚えているだ。だからたぶんクマゾウだ」

こうして話しているうちに、サーカとクマゾウは打ち解けて仲良くなった。

「クマゾウ、おらと一緒に暮らさないか。おらは一人で寂しいのだ。なあ、食べ物ならいくらでもあるよ。蔵に案内しようか、クマゾウ」

クマゾウは鬼の蔵にはどんな物が入っているか見たかった。そこでサーカの後についていった。

蔵をみたクマゾウは呆然と立ちすくんだ。これは何たることだ。一の蔵、二の蔵、三の蔵の米俵。四の蔵にはまばゆいばかりの金銀財宝と何の樽（たる）やらわからないものが山と積まれているではないか。これはどこの国の財宝だろうか。どこの国の財宝がこの山中に置いていかれたのだ。鬼を恐れないクマゾウも、この宝の山には呆気にとられるばかりだった。

「この蔵の米俵はなあ、おらが両親と一緒に働いて収穫した米なんだ。この米は貧しい人たちにあげるつもりだったのだが、人間がおらたち家族を恐れて近寄らぬために、年々積り積ってこんなに蔵が立ったのだ。四の蔵の金銀はいわくありの物だ。盗賊の馬が落とした荷駄だよ。ある日、盗賊に襲われた父と母が戦ってなあ。負けを悟った馬どもが荷駄を落として逃げたんだ。どこかの大金持ちの蔵から盗み出した物だろうなあ。この蔵の物は全部、人間にあげるものなんだ。クマゾウ、手伝ってくれぬか。一緒に暮らしてくれよ」

クマゾウは、鬼と暮らすのは面白そうだとすぐに承知した。

「おら、仕事なら何でもするよ。人に物をくれる仕事なら楽しい仕事だ。やるよ、サーカ様」

　クマゾウは、放浪生活が終わろうとしているのを思い、仕事ができると思うと全身に力がみなぎる心地がしてわくわくした。

「なあ、クマゾウ、人間はおらを怖がっている。だから、おらから蔵の物を渡すことはできない。クマゾウ、あなたが村の人に話してくれないか」

「よし、承知しただ。おお、楽しくなってきたぞ。だが、おら、腹が減ってたまらねえ。何か食べ物を下さらねえか」

「おお、すまない、気がつかなかった。今さっき収穫したじゃが芋を煮たのがあるよ。おらも一緒に食べよう」

　意気投合した鬼と人間。親のない同い年の十七歳の少年はふかしたてのじゃが芋を食べて、若い命がいよいよ燃え上がった。

　翌日、クマゾウは峠を下りたが、さて、誰に話せばいいのだろう。誰に言っても、乞食みたいなおらの言うことなんか信用しないだろうなあ。クマゾウは迷った。

「えいっ、大人なんか相手にするまい。巷(ちまた)に遊んでいる子どもたちを連れて行って、あの米俵を見せよう。そうして親たちに告げさせるのだ。子どもたちの言うことを聞けば、親たちは半信半疑でもきっと来る」

クマゾウは自分の思いつきにはたと手を打ち、子どもたちが遊ぶ巷に急いだ。

あっ、いたぞ！　いた、いた。子どもは遊ぶのが好きだ。もう五、六人は来ている。

そのうちの二、三人の年長者に蔵のことを話して聞かせ、山に行くことを承知させた。

子どもたちが来たのをサーカはとても喜んだ。子どもたちはサーカを近くで見て恐ろしげにしていたが、クマゾウもいるのでだんだん慣れてきたようだった。

サーカとクマゾウは、子どもたちを蔵に連れて行き、米俵を見せた。子どもたちはクマゾウほどには驚きを感じないらしい。ただ家にはない物がここにはある、その程度のものらしい。

「この米俵をなあ、村の人たちに下さると、サーカ様がおっしゃるのだ。サーカ様とはここにおられる鬼様だ。家に帰ったら、父さんや母さんや、それから村の人たちに話しなさい。きっとだよ」

こうして一日目が過ぎた。明日からの生活を話し合う二人の少年の夜はこの上なく楽しかった。特にクマゾウの運命が、今流れを変えようとしている。サーカもクマゾウも胸がわくわくした。

翌朝、クマゾウは心地よく目覚めて庭に出、四方の景色を眺めていた。目に入るものが何もかも珍しい。気になる麓の村の方を見ると、来た、来た、四、五人、あるいは五、六人か。尾根を登って来るのが見える。

「サーカさまぁ、来ましたぞぅ。村の人たちだぁ」

サーカは飛び出して峠の方を見た。

「あっ、来たな！　よし、クマゾウ、飯を食ってから米俵を運び出そう」

「サーカ様、米はおらが運ぶだ」

クマゾウはサーカを鬼様と崇(あが)め主人とも思って、サーカ様と呼んでいた。

「いや、おらも一緒にやる」

二人は蔵から米を運び出した。

やっと到着した村人たちに、

「やあ、村の衆、よく来られた。これが子どもたちに話した米じゃ。どうぞ自由に持っていってくだされ。無くなったらまた来てください」

と、二人は笑顔で威勢よく声を張り上げた。

翌日から、山は峠に登る人下る人でにぎわった。麓の村では地主だけが大金持ちで豊かに暮らしている。村人は地主から借りた土地で細々と田畑を耕している貧しい農民である。日々の生活は苦しかったが、それが百姓の定めだと諦（あきら）めていたところに子どもたちからサーカの蔵の話を聞いた。この天から降ってきたような幸運に、村人たちは信じられない面持ちで互いに顔を見合わせた。夢か現（うつつ）か。でも現にそこに米俵が積まれている。自分たちは今、百姓の貧しい生活から救い出されようとしている。ありがたい、ありがたい。鬼様、クマゾウ様、ありがとうございます、と手を合わせる村人たち。

サーカもクマゾウも毎日が楽しかった。山の動物たちも物珍しそうにしながらサーカとクマゾウの周りで遊んでいる。村の女たちは二人の食料にと米をついてくれたり、食事の炊き出しさえしてくれた。

山と村は一つになった。天下の放浪児クマゾウの汚れを知らぬ天真爛漫（てんしんらんまん）な心は、人間が恐れる鬼に会った結果、貧しい村人を助けるという偉大な事業を成し遂げた。

二人は人助けのひまに田畑に出て働き、収穫間近の稲穂を見ては希望に胸をふくらませた。十七の若い血が沸いた。クマゾウは味噌樽を持ち出してきては味噌汁を作り、裏の川から魚をつかんできては焼いて食べたりした。こんな生活がどこにあろうかと、二人は互いの幸運を喜び合った。

貧しい村人たちの暮らしを助けるために、心から喜んで米をあげていたサーカは、今度は四の蔵の金銀を旅人のために役立てたいと思い、クマゾウに言った。

「クマゾウ、あの四の蔵の金銀なあ、あれは貧しい旅人の路銀(ろぎん)にあげることにしよう。あの蔵の全ての物は、我ら二人が一生涯、いや二生涯食っても、食い尽くせぬものと思う。我らには若い力がある。田畑を耕し、作物を作って生活していける。田畑こそが我らの命の泉なるぞ」

クマゾウは感動した。サーカ様、あなたは姿こそ鬼だが、本当は神様なのだと。二人は来る日も来る日も村人たちに米を施し、貧しい旅人に金銀を施す仕事に明け暮れた。


そんなある日、サーカはクマゾウに告げた。

「なあ、クマゾウ、おらは旅に出る。鬼が島で亡くなった父と母の霊を迎えに行く」

「えっ、ご両親様は鬼が島で亡くなられたのか?」

「ああ、赤鬼と青鬼の戦いでな」

「どうしてまた戦いなどを」

「鬼が島を攻め取る戦いだよ。つまらぬことだ。自分の土地に安堵して暮らせばよいものを」

「それじゃ、おらもお供します」

「いや、それはならぬ。二人とも留守にすると困る人たちがいるのだ。四、五日もすれば帰る」

「でもサーカ様、鬼が島へはどのようにして渡りなさる？」

「港には舟を貸す所がある。心配するな。あとはしっかり頼むぞ」

サーカは出発した。

日は暮れて、クマゾウは一人になった寂しさに外に出て空を見上げ、サーカ様はどこの空の下やらとつぶやいた。

と、一人の男が慌てて走ってくるのが見えた。そして間もなく、色を失った男が駆け込んできた。

「クマゾウさまあ、サーカ様が大変だあ。山の中に倒れていなさるだあ」

「なんだと？　どうしてだ？　なんで倒れていなさるだ？」

「わからねえだよ。おらが見た時はもう倒れていなさっただよ」

その日の昼に路銀をもらっていった男の報告だった。

クマゾウが、男の案内でサーカが倒れている所へ駆けつけた時は、もう遅かった。

「サーカ様、サーカ様、どうなされただ？　何でこうなっただ？　サーカさまあ、もう一度クマゾウと呼びなされ、米俵を運ぼうと言いなされよう。ウオーン、ウオーン」

少年の泣き叫ぶ声は山にこだました。案内してきた男も突っ立って涙を流していた。

クマゾウはこぶしで涙をふきふき、サーカの体を調べてみた。まむしの歯形が足に食い込んで、右足首が赤くはれている。これがサーカ様の命を奪ったのだ。

まむしめ！　畜生っ！　まむしめ！　クマゾウがぎりぎり歯を食いしばれば、無念や、嗚咽（おえつ）がぐぐっとこみ上げてくる。サーカの顔に苦痛のあとはないが、苦にしていた角はまた伸びているようだ。かわいそうになあ、サーカ様。鬼は鬼の顔になるもんだなあ、サーカ様。あまりの悔しさ哀れさに、クマゾウはこらえていた嗚咽が口を突き破り、ワーッと泣き崩れた。

旅人が二人、三人と寄って来た。

クマゾウはいきなり立ち上がって、近くの農家に駆け込んだ。農家の主人はびっくりして、

「どうなされただ？」

と心配そうに言う。

「鍬を貸してくれ。墓を掘るだ。サーカ様の墓を掘るだ」

クマゾウは、戸口に立てかけてあった鍬をつかんでサーカの所へ駆け戻った。農家の主人もクマゾウの後を追ってきて手伝い、旅人たちも一緒になって墓を掘った。

墓ができた。夕霧の立ち込める山中のサーカの墓前に、放心して座っていたクマゾウはつと立ち上がった。そしてかたわらの大木の前に立つと人差し指を噛み切り、すうっと流れる真っ赤な血で「サーカ様の墓」と書いた。放浪中に覚えた拙い字ではあったが、真っ赤な血はサーカを守る真心の表れであった。

この大木は後々までサーカの墓標となった。

また一人になったクマゾウは悲しみに打ちひしがれた。放浪の旅に出ようかと思ったりもしたが、そうすればサーカ様が悲しむだろうと思い、サーカ様の志を受け継いでいく決心をした。クマゾウは、サーカ様とサーカ様のご両親様の霊をお迎えして供養をすることにした。そして村の若者に呼びかけた。

「サーカ様の広大な田畑はみんなの土地にしよう。あの田畑に作物を作るんだ。みんなで力を合わせれば、村は必ず豊かになる」

若者たちは目を輝かせ、協力を誓い合った。今はもう、クマゾウは村の若者たちの指導者だった。

クマゾウは後に麓の村から嫁を迎えて幸福に暮らした。一介の放浪少年は、純真な鬼との出会いによって億万長者となった。ああ、奇しきは人の運命なるか。栄枯盛衰(えいこせいすい)は世の習いというが、サーカ様の哀れな運命に人々は泣いた。そして言う、あの峠はサーカ様の峠じゃと。

（二〇〇六年）

キツネ狩り

キツネのバルとコンは大の仲良しで、今日も朝の食物を探しに出かけたが、バーン、バーン、という大きな音に、二人とも青くなって立ちすくんだ。

「バル、早くオトウの所に行こう」

「うん」

二人はオトウの所へと駆け出した。

「オトウ、バーン、バーンが聞こえる」

「うん、キツネ狩りに見つかったらしいな。みんな逃げろ。ちりぢりになるんだぞ」

キツネ村は、キツネ狩りに襲われて大騒ぎになった。馬に乗り銃を持った集団が、目覚めて間もないキツネたちの村を襲ったのだ。キツネたちは恐ろしくなって立ちすくんで銃で撃たれたり、逃げ遅れて撃たれたりした。撃たれて死んだキツネは、キツネ狩りに引き上げられて馬の荷物になった。

こうしてどんどん仲間が死んだが、悲しむひまもなくキツネたちは逃げ、走り続けた。みんなへとへとに疲れきっていたが、オトウに励まされて逃げ続けた。

オトウはキツネの親分である。

「オトウ、田んぼだぁー！」

「かまわぬ、田んぼを駆け抜けよぅー！」

キツネたちは田んぼを駆け抜けた。

ところが今度は麦畑だ。黄色い穂波がゆれている。

「オトウ、麦畑だぁー！」

「麦畑か、ちょうどいい。かがんで走れ。見つかるな。かがむんだ」

オトウはみんなを励まし続けた。キツネたちは無事に麦畑を駆け抜けた。

ところが、今度は広い野原だ。オトウは考え込んだ。草木のない広い野原を走れば、見つかる可能性が高い。だがキツネ狩りの馬の足音は近づいてきている。

逃げるしかない――。

「走れ、走れ、駆け抜けよぅー！　大丈夫だ、ミカサ山に逃げ込め。ミカサ山はもうすぐだ！」

ミカサ山とは、キツネたちが呼び慣れた山の名前である。

朝早くからキツネ狩りに追い立てられたキツネたちの中には、

「ああ、もう駄目だ」

と、座り込む者もいる。

「駄目なもんか。ミカサ山は目の前だぞ。山に入れば何にでも化けられる。走れ、走れぇー！」

「ようし走ろう、もう一息だ！」

こう励ましあって、なんとか山中に駆け込む事ができた。

オトウは仲間の数を数えた。半分近くいなくなっていた。キツネ狩りに撃たれたに違いない。一緒に逃げていたバルとコンもいない。あれからはキツネ狩りたちの、バーン、バーンという音はしなかった。

「バルとコンがいない。みんなで手分けして探せ」

キツネ狩り

キツネたちは山に入ったが、一息も入れずにバルとコンを探しに山を出た。オトウは木に登って敵を監視した。すると山の麓に二人の人間が見えた。

「あれっ？　あれは人間に見えるが、バルとコンだ。何か持っているぞ。しかも重たそうだ。我々の食べ物かもしれない」

こんなに命がけで逃げている時に、バルとコンは人間に化けてみんなの食べ物を持ってきた。畑の主にでも見つかったら殺されただろう。みんな駆け寄った。二人は疲れ切っている。さわればがくんとくずおれんばかりだ。

「ありがとう、ありがとう。オトウが心配して待っているぞ」

キツネたちは二人を支えて山に入った。

「オトウ、バルとコンが無事帰ってきました」

「こんなにたくさん、みんなの食べ物を持ってきました」

「そうか。バルにコン、すまんなあ。こんなに命がけの時に、みんなの食べ物を心配してくれたのか」

「ありがとう、ありがとう。さあ、みんな、食べよう。ここに来よ。おお、きゅうりにレタス、にんじんに大根、じゃが芋もいっぱいあるぞ。早く食べよ、たらふく食べよ。元気が出るぞ。バルとコンのおかげで元気百倍だ。さあ、みんな食べたか？」

「それじゃあ、これから人間に化けよう。バルとコンと同じようにだ。この山奥に村がある。小さな村だが、人はたくさん住んでいる。今度はゆっくり人間になって村に入るんだ。そこにはパカ、パカ、パカも来ない、バーン、バーンも撃たない、安全な所だ。いいか」

　そんな話をしながら人間に化けようとした時、

「オトウ、パカ、パカが近くに聞こえる」

と、人間になりかけたキツネが叫んだ。

　みんな耳を澄ませた。

「あっ、聞える、聞えるぞ！　見つかったか。みんな木に登れ、早くへびになって木に登れ！　間違って鳥になると、バーン、バーンと撃たれるぞ。へびだぞ、いいな！」

キツネたちはへびに化けて木に登った。そして木の上から、息を殺して下を見ていた。

「あーあ、いないよ。逃げられたか。キツネに逃げられちゃったかあ」

　キツネ狩りたちは、一人の掛け声を合図に立ち去った。へびに化けたキツネたちは、木の上からそれをじいっと見ていた。

狩人たちを乗せた馬は、真っ赤な夕日の中へ消えていった。

（二〇一〇年）

忘れられた傘の会

北の国の大きな町に、キザタじいさんと孫のキタダが住んでいた。

ある夏の朝のこと、キザタじいさんが、孫のキタダに、

「キタダ、おら散歩に行ってくるでなあ」

と言って出かけようとすると、キタダは、

「じいちゃ、散歩にいくだか。おら飯炊いて待っているだ。早う帰ってよう」

と言った。

「んだ、おら早く帰ってくるだ」

キザタじいさんはそう言って出かけたが、門の所に来た時、何を見たのか、

「ギャアー！　ウワ、ウワ、ウワ」

と叫んでいる。

叫び声を聞いたキタダは飛び出して来て、

「じいちゃ、じいちゃ、どうしただよ？」

と、じいさんのたまげぶりにびっくりしている。

「ああ、キタダかあ、あれ、あれ、あれ」

とじいさんが指さす方を見て、

「あれ、あれ、あれは何だあ？」

と、キタダも大声を上げたが、よく見ると傘だ。

「じいちゃ、傘だよ。傘が長い行列を作って来るだよ」

「そうけえ、おら、たまげてしもうたわい」

傘たちは、トン、トン、トン、調子よく跳(と)んでくる。町の大通りは傘の行列だ。もう目の前に近づいてきた。先頭を跳んでいるのは、黒い大きな雨傘だ。手には大きなのぼりを持って、トン、トン、トン、と進んできた。

キザタじいさんとキタダは、傘の通るのを待ち受けていた。

「じいちゃ、あの先頭の傘をとっつかまえて、行列の訳を聞いてやるべえ」

「んだな、どういう訳で行列をしているか、聞いてみろ」

行列は目の前に来た。前の傘に続いて、何と、赤や青や紫や白など、色とりどりの雨傘や日傘たちがやってきた。

キタダは道路に飛び出した。そして、並んで来た傘たちに、

「おはよう」

とあいさつをした。

「傘さんたちよ、一体どこへお出かけだか？」

「旅行じゃわい」

と、先頭の黒い傘が言った。

「旅行じゃとか。その大きなのぼりは、旅行会社のものを借りてきたとか？」

「違うわい。忘れられた傘の会ののぼりじゃ」

キタダと傘の問答を聞いていたキザタじいさんも、つかつか歩いてきて言った。

「何じゃと？　忘れられた傘の会じゃと？」

「そうじゃよ。おら、昭和の終わり頃の寒い日に生まれたんじゃが、主人の旅行中に電車

忘れられた傘の会

に忘れられてのう。それからずうっと、この町の駅の忘れ物置き場に、置き去りにされたんじゃ。退屈じゃったよ。それで後から入ってきた傘たちと話し合ってなあ、忘れられた傘の会をつくったのじゃ。そこで考えたのが旅行じゃ。旅行をしながら、我々を忘れた主人を探して主人の所へ帰ろうというわけじゃよ。こっそり忘れ物置き場から抜け出してきたんじゃ。心がカラッとしていい気持ちじゃあ」

「そうだか、それで昭和の傘は、お前一本だか?」

「そうじゃ。みんな平成に生まれたぴちぴちのハイカラ傘たちじゃ。バスや電車に忘れられてのう」

長い行列の傘たちは、前が進まないので、立っている所で、トン、トン、トン、と跳んでいる。

「おーい、先頭の傘よう、進んでけれえ」

と、昭和の雨傘は叫び返して、

「おうお」

「それじゃ行くわい」

と言って動き出した。

「車に気をつけろよ」

と、キザタじいさんは手を振った。

「車に当たったら、お前たち将棋倒しだべ」

と、キタダも注意する。

「おお、何も心配ねえだよ。車が来たら傘を広げて空を飛ぶだよ」

と、後に続いて跳んできた若い傘が返事をした。

「ああ、それはよかのう。それで、どこまで行くだ?」

「わからねえ。道のある限りじゃわい。夜は草の上に寝るだよ。雨が降ればのう、雨傘が傘をひらいて日傘を入れて歩くのじゃよ」

「そうだか。そいじゃ仲良く行けよ」

傘たちは久しぶりの外出がうれしいらしく、にぎやかにしゃべりながら、トントンと進む。すると後ろから太呂吉（たろきち）の傘が跳んできた。

「じいちゃ、太呂吉の傘が来ただよ。おら、とっつかまえて太呂吉に渡すだ」

キタダは太呂吉の傘の前に飛び出した。

「そこに来たのは太呂吉の傘でねえか。おらが太呂吉に渡してやるだ」

「いやじゃ、いやじゃ。おら、忘れられた傘の会の会長さんの許しをもらってから、自分で太呂吉を探しにいくだ。今は旅行中だに、勝手なことはできねえだよ」

「そうだか。そいじゃ旅行を楽しんでから帰れよなあ」

と言って、キタダが太呂吉傘と握手をした時だった。

「車だあ！　車が来ただあ！　早く飛べやあ」

先頭の黒い雨傘がのぼりをさし上げた。

「そら、飛ぶんじゃとよ！」

傘たちはいっせいに傘をひろげて空に飛んだ。

キタダは太呂吉の傘と握手をしたまま空高く舞い上がってしもうた。

「あれ、あれ、おらも飛んでしもうたわい。じいちゃ、じいちゃ、おら空を飛んでくるでなあ」

「おう、おう、お前、ぼけぇっとしていただか。困り者よのう。太呂吉傘から手を離すでねえぞ。しっかりぶら下がって行けや。落ちるでねえぞ」

キザタじいさんは呆気にとられて傘たちを見上げていた。

「やれやれ、世の中すっかり変わってしもうたわい。忘れられた傘の会といいおったの

忘れられた傘の会

う。大通りを歩いたり、空を飛んだり、なるほど、面白おかしく暮らせるのう。おらは傘がうらやましいわい」

キザタじいさんはつぶやいた。

しばらくして空を見上げたじいさんは、太陽が西に傾いているのを見て心配になった。

「あれ、キタダは帰りが遅いのう。もしやあの慌て者、慌てて傘になりおったんやろうか」

その頃、キタダは空を飛ぶ面白さに、じいちゃの事は忘れていた。

風に乗って飛んでいると、はるか上空から黒傘の声がした。

「おーい、野道に来たぞう。空中飛行はおしまいじゃあ。ただいま、地上百メートルの地点じゃあ。みんな傘をすぼめて静かに降りろぅ」

先頭の傘はのぼりを持っているので、ハタハタと上空まで上りつめていたんだ。

キタダはもっと空中飛行をやりたかった。

「地上に降りて、これからどうするんじゃ?」

と、キタダが聞くと、

「たぶん、地上行列の再開じゃなかろうかのう」

と、太呂吉傘は言う。

町の大通りを歩いたり、空を飛んだり、おらの町に忘れられた傘の会は、自分たちを忘れていった主人を捜しながら、旅を続けていったそうな。

（二〇一〇年）

戦後、今から六十年以上も昔のことです。我が家では、キザタじいさんと、孫のキタダちゃんが相次いで逝ってしまいました。この世で思う存分遊ぶことのできなかったキザタじいさんとキタダちゃんを、お話しの中で遊ばせてあげようと、「忘れられた傘の会」を書きました。二人は天国で楽しく遊んでいるでしょうか。

かげろう美人

畑仕事の手伝いを頼みに行った帰りの出来事です。サラッというかすかな音を葉ずれの音かと思った瞬間、ポタポタという軽い音がしました。そして十歩ほど歩いたところで、またポタポタと音がして腐臭（ふしゅう）が漂いました。

福木の実がつぶれたのだろうか、私は思わず上を見ました。八月七日の月が流れてきた雲に隠れて、周りはたちまち薄闇につつまれました。この道は福木並木で、生い茂った枝葉は昼でも薄暗く、おまけに並木の裏には七人塚の墓標があって、いっそう気味悪さが増す所でした。

まもなく雲から出た月はこうこうと輝いて、私の影法師が足元にまとわりついています。並木道を足早に通り抜けると、緊張がやわらぎほっとしました。

　すると今度は、家のことが気になってきました。主人は私の帰りを待ちきれずに晩酌（ばんしゃく）を始めているだろうか、などと考えながら家路を急いでいる時、後ろに人のけはいを感じました。

　並木道から一分ほどは歩いたでしょうか。カラカラカラと軽やかな下駄の音がします。あれ、あの下駄の音は桐（きり）で作った美しい塗り下駄の音だ。村に大売出しが来た時、店先に飾られていたのを思い出しました。だけどあんな下駄をふだん履く人が村にいるだろうか。四日前に雨が降ったが、地面はもうからからに乾いている。あれは旅の人かもしれないと、私はふと後ろを振り返りました。

　月明かりに浮かんだ人影は、女の人に見えました。私は道中少し怖かったので、道連れができると喜んで歩調をゆるめました。一緒に話をしながら歩こうと思ったのです。すると、下駄の音が速くなって私の横を足早に通り過ぎました。とても急いでいるようでした。私の履物はアダン葉草履（ぞうり）で軽かったので、ひたひたとその人の後をついて行きました。

　私が近づいたのに気がついたのか、その人は、ゆら、と動いたかと思うともう振り返っています。月はいよいよ冴えていました。私と向き合った人の顔はかげろうのようにゆらめいていました。それを見た瞬間、私は体が硬直するのを感じました。

その人が私に近づいてくると妖気(ようき)が漂い、顔の形がはっきり見えました。絶世の美女です。私の体はへなへなとくずおれました。遠のいていく意識の中で、ブツブツというつぶやきか笑いのような声が聞こえました。

それからどのくらい時が経ったでしょうか。周りが何か騒然としています。それで私はだんだん意識が回復したのだと思います。

私は重いまぶたを開けてみました。大勢の子どもたちが私の周りで騒いでいます。意識がまだはっきりしていなかったせいか、子どもたちは言葉ではなく奇声を上げて騒いでいるように聞こえました。よく見ると七人の子どもです。どこの子どもたちだろう、こんなに遅い時間まで遊びほうけて。親は心配して待っているだろうに。

やっと体が起こせるようになってから、

「ねえ、あんたたち、どこの子？　こんなに遅くまで遊んで。お父さんやお母さんが心配しているよ。早くおうちに帰りなさいね」

と言うと、子どもたちはまた同じように奇声を上げながら駆け去っていきました。

まあ、元気のよい子どもたちだこと。私は今までの恐ろしかったことなど忘れて、子どもたちの駆けていく後姿を見ていました。私は子どもたちに元気づけられたのだと思います。

もう夕飯の時間も遅くなってしまったなあと思いながら、私はそろそろ歩きました。家が近くなると三味線の音が聞こえてきました。主人は晩酌をしながら三味線を弾いているのだろうか。三味線の音が今日はなつかしく心にしみて、涙がにじんできました。

「お父さん、今帰りました」

開け放たれた入口に立つと、主人は待ちかねていたのか、

「遅かったなあ」

と言いながら三味線を置いて、

「どうだったかな。三郎は手伝ってくれるかな?」

と聞きました。

「はい、手伝ってくれるそうですよ」

と、私は答えました。

「そうか、それは良かった。湿りのあるうちに植えようと思ってちょっと焦っていたん

だ」

それは、さとうきびの夏植えのことだったんです。

主人はほっとしたように言って、しげしげと私の顔を見ていましたが、しばらくして、

「何かあったのか？」

と聞きました。

「どうして？」

「どうしてって、帰りが遅かったし、どうもお前らしくないんだよ。落ち着きがないような気がしてね」

「帰り道でね、怖い事があったの」

「怖い事って、こんな月の美しい晩に何が怖かったんだ。子どもみたいなことを言って」

主人はいぶかしそうに私の顔を見ました。

私は福木の並木道から我が家へ帰るまでの事を詳しく話しました。初めは軽く聞き流していた主人ですが、だんだん話に引き込まれてきたようでした。

話し終わった私は、

「お父さん、夕飯が遅くなったね。ごめんなさい」

と言って、出かける前に作ってあった夕飯をよそい食卓に並べましたが、夕飯の間中、二人とも口数が少なく沈みがちでした。

夕飯の後はいつも三味線を弾く主人ですが、今夜は三味線を手に取ることもなく、何か物思いにふけっているようでした。そしてしばらくして、

「なあ、マツ」

と、私を呼びました。

私は名前をマツといいます。さっきの話の続きだと思いました。

「昨日なあ、変な話を聞いたんだ。まさかとは思うがなあ」

主人は話すのをためらっていましたが、思い切ったような口振りで話し出しました。

「花山家のヤマさんから聞いたんだが、アサミ家の豚がなあ、月の美しい晩に限って、小屋を飛び出して歩くそうだ。子豚を七匹産んでからなんだが、もう二ヵ月くらいになると言っていたなあ。だが子豚は買い手がなくて、豚小屋は子豚が騒いでにぎやかだそうだ。それで母豚が飛び出すと、七匹の子豚も飛び出して母豚の後をついて歩くそうだけど、化けて歩くとは言わなかったなあ」

主人は何ともいえない複雑な表情で私を見ました。まさかとは思いましたが、思い当た

ることはあります。あのブーブーという声、あれは豚のたった一つの言葉ではないか。そして子どもは七人だった。訳の分からない奇声を上げていたが、あれは化け豚の叫びだったのだ。私は確かめてみる必要があると思いました。

「ねえ、お父さん、明日アサミ家へ行って豚を見てきましょう。確かめてみた方がいいと思いますよ」

「うん、そうだな。行ってみようか」

翌日、私たちはアサミ家へ行きました。アサミ家のカナさんは、ちょうど豚に餌をやっているところでした。

「カナさん、おはよう。豚に餌やってるの？」

「あれあれ、おそろいで珍しいこと」

「うん、ちょっと豚を見せてもらおうと思ってなあ。子豚は大きくなったなあ」

「ええ、よく食べるんでねえ。この白と黒のまだらのが一番良いようですよ」

子豚を買いに来たと、カナさんは思ったようでした。

私たちはおしゃべりをしながら豚を観察しました。見たところ何も変わった様子はなくふつうの豚です。母子仲良く餌を食べています。何でもなかったんだと、私は心の中でつぶやきこの豚たちにすまないような気がしました。

「お父さん、もう帰りましょう」

と、主人を促しながら、私はちょっと体の向きを変えました。すると母豚の目と私の目が合いました。母豚は餌を食べるのをやめて目を細め、私にウインクしたのです。私は凍りついて立ちすくみました。すると今度は、七匹の子豚が親しげに寄ってきてブーブー騒ぎます。

「お父さん、帰りましょう」

私は何も気づいていない主人を急かしました。

「ああ、帰ろうか」

「カナさん、もう帰るね。今日、畑仕事に人夫を頼んであるから」

「ああ、そう?」

カナさんは何も気づいていないようでした。子豚を買いに来たと内心喜んでいたのかもしれません。何も言わないで帰る私たちを不思議そうに見送っていました。

豚小屋を出て門の所に来ると、サザエの殻(から)が意味ありげに二つ転がっていました。

「お父さん、これ」

「何だ？」

私は貝殻を指さしました。

「美人さんの下駄よ」

「ああ、そうか」

主人は短く言ったっきりでした。

私の生まれ島ではサザエをタマングーといいます。化け豚はタマングーを下駄にするそうです。


（二〇〇八年）

南国幻想　ヤドカリ

西野剛三は五十歳をすぎているが、まだまだ若者には負けない気力と体力を持っている。酒は大好きだが深酒はしないように気をつけていた。
剛三は今日も好きな晩酌をしていたが、もうだいぶ酔いがまわったらしく、気持ちよさそうに唄を口ずさんでいた。

逃げた女房にゃ　未練はないが
お乳ほしがる　この子が可愛い
子守唄など　にがてなおれだが
馬鹿な男の　浪速節

一ツ聞かそか　ねんころり

若い頃のことが思い出され、つい口ずさんでしまう。剛三はぐだぐだ言いながら、ちゃぶ台にうつ伏した。間もなくかすかな寝息がきこえた。

しばらくするとぼんやり目を開けて、不審そうに家の中を見ていたが、今度はごろっと横になって安らかな寝息をたてはじめた。

静かな晩だ。剛三の寝息がふと止まって、むっくり起き上がった。さっきから何かの音が聞こえているような気がしたが、耳を澄ますと風の音のようにも聞こえるし、音でないようにも思える。音のようで音でない物音、寝ようとすると眠りをさまたげる音に剛三は苛立ち、意を決して起き上がった。

耳を澄ますと音はたしかに聞こえる。西の方だ。ふわぁ、ふわぁと、捉えどころのない音だ。西の部屋に入ると、沈みかけた赤い月が部屋中を照らしている。

剛三は戸を開けて西の庭を見て立ちすくんだ。庭には異様な光景が展開していた。

大きなヤドカリの大群が折り重なって波打っている。そして、なお後から続いているのだ。そのほとんどが薄い大きな殻の巻貝である。中には重そうにサザエの殻を背負っているものもあった。みんないきりたっている。

（いったいこれはどうしたことだ）

剛三は呆然として見ていたが、この勢いでは屋根にも登りかねないと見て、ある決心をして庭に下りた。

剛三は大きなバケツを持って来た。手袋をした手で、ほとんど掻き入れるようにバケツに入れて、裏の川に投げ入れた。川は家のすぐ裏を流れて海へ注いでいる。ヤドカリはハサミをひらいて抵抗するのもいたが、かまわず折り重なったままバケツに入れては川に投げ込む作業を続けた。

「もういいか」

ほっと息をついて剛三は周りを見た。

まだ一つ二つ、うろついているがもう作業はやめた。

その時、月はもうなく星が輝いている。

月の光とほとんど変わらない明るい星の光だ。美しい。

剛三はかつてなかった小さな生き物の大群の襲来に度肝を抜かれていた。

事の起りに剛三は思い当たることがある。

飼犬のシロが餌を食べている時、黒いものが二つ三つ餌の器に頭を突っ込んでいたことが時々あった。剛三はシロに、

「友だちができて良かったね」

と言ったものだ。それがヤドカリだったのだ。剛三は自分が言った言葉を思い出していた。

あのヤドカリたちはここに餌があることを、ここら一帯の森に住む仲間たちに教えたのだろうか。動物たちは飢えているのだ。そうでなければ犬の食べ残した一椀にも足りない餌に、あの大群の襲来はないはずだ。一粒も得られない餌のためにだ。

剛三はこの小さな生き物たちの助け合いの行為に感動した。

自分は酷(ひど)いことをしたもんだ。ただ不気味というだけで川に投げ込んだ。

剛三は罪の意識を感じて、宵に飲み残した酒を一気に飲んだ。


剛三は一人暮らしである。したがって家事や農作業も自分でしなければならない。今日の農作業はさとうきびの下葉をかき取る作業に決めている。

もう六月だ。南国の六月は息苦しいほどの暑さだ。さあっと一雨ほしいところだが、空

には雲一つない。今日の暑さが思いやられる。

剛三は朝の涼しいうちに畑に行き、さとうきびの中に入った。仕事を始めたが、草いきれで息苦しい。入り乱れているさとうきびの枯葉をかき落とし風通しをよくして仕事を進めた。

一仕事終えた後の安堵と喜びは人間だけが知る幸福感だ。剛三は今日の仕事を終え、一風呂浴びて、簡単な夕食と一緒に晩酌を始めた。疲れた体に心地よい酔いが、彼を夢心地にさそい、そのまま眠り込んでしまった。まったく気楽な生活だ。

剛三は尿意で目が覚めた。

用を足して、剛三はトイレの窓から何気なく川を見下ろした。月はないが星明りでほのかに明るい。川にはヒルギが密生していてマングローブの森が広がっている。今夜は無風状態で静かだ。だのにマングローブがざわめいている。

「おかしいなあ」とつぶやきが出た。剛三はじっと目をこらした。しかしざわめきは止まない。よく見ると動いているのだ。

剛三は部屋に戻り懐中電灯を持つと、護岸の塀によりかかってマングローブを照らした。すると海中電灯の明かりの中に異様な光景が浮かび上がった。

　昨夜投げ入れたヤドカリたちがヒルギの枝葉にぶら下がっているではないか。この川は少し先に広がる海に流れ込んでいる。だから満潮時には深くなる。ヤドカリたちは昨夜、満潮時の深い川に投げ入れられたが、その後、ヒルギにはい上がったに違いない。しかし干潮になるとヤドカリが歩くほどの浅瀬はできるはずだ。

　だけどヤドカリたちは浅瀬を歩いて森には帰らなかった。マングローブの葉陰に日中の暑さをしのいだに違いない。

　剛三が川に妖気めいたものを感じた時、ヒルギが動き出した。数本の足が動いている。しかも川岸の方に向かっているではないか。前を歩いていたヒルギが、いきなり後を歩いていたヒルギに話しかけた。

「君のお客は大丈夫かね？」

「ああ、大丈夫だが、だいぶ参っているようだ」

　隣にいたヒルギも言った。

「なにしろ三日も食べてないらしいからねえ。山は人間たちの開発で荒らされてヤドカリたちは食べ物がなくなり、飢えているそうだよ」

　同じような会話があっちこっちから聞こえた。ヒルギたちはヤドカリを全身にぶら下げて枝葉を揺すりながら川岸目指して歩いていく。

小さな動物たちが絶対絶命の危機におちいった時、植物のヒルギに魂が入ったのだろうか。万物の長といわれる人間を超えた、植物と小動物の霊気の融合は一体どこから生まれるのだろうか。

剛三はぶるっと鳥肌がたち家の中に駆け込んだ。柱時計が二時を打った。草木も眠るというこの時刻に、ヒルギだけが動いている。剛三はたてつづけに酒を飲み、泥酔して眠った。

翌朝は何もなかったかのように川は静かだった。ヒルギも同じ所に立っている。昨夜見たもの、あれは夢ではなかったかと剛三は思った。


あれから三年の年月が流れた。剛三は相変わらず持ち前の剛毅(ごうき)は衰えず、年を取るのを忘れてしまったかのように元気だった。一人暮らしを寂しがるようにも見えず毎日を暮らしていた。

今日は旧暦七月十六日で、盆送りを終えて、ほっと気のゆるむ日である。

月は冴えて美しく、沖には釣船の灯(あか)りが二つ三つ見える。剛三はついさそわれて釣りに出かけた。剛三は渚に立って釣糸を投げ入れた。魚は釣れても釣れなくてもいいのだ。砂浜に寝そべって波の音を聞くのが大好きだ。

剛三は渚にさおを差し込んで、ごろりと寝ころんだ。砂がきしんだ。冷たくて気持ちがいい。寝て見ると砂浜は無限に広いように見えた。剛三は、子どもの頃よく唄った「月の砂漠」を口ずさんだ。

金の鞍に乗った王子様と銀の鞍に乗ったお姫様は月の美しい晩に広い砂漠をどこに行ったのだろうか、と、子どものような夢想にふけっていたが、何気なく西の方を見た。

月はいつか西に傾いて、岩が黒く影を落としている。剛三はむっくり起き上がって岩の方に歩いていった。岩は奥深く洞穴（ガマ）になっている。剛三は岩の入り口に小高い山を見た。

（あれ？　ここにこんな物があったっけ）

不思議に思った剛三はふと触ってみた。するところころと崩れた。手に取って見ると、薄い殻の巻貝だ。巻貝で小高い山ができていたのだ。

（いったい誰が何のために）

と考えた時、ある事がひらめいた。

三年前のヤドカリたちだ。あの者たちはこの巻貝を背負っていた。剛三は思わず岩の奥を月明りで見た。その瞬間、何を見たのか、剛三は息を止め、呆然と立ちつくしてしまった。殻を抜け出したヤドカリたちが重なり合っている。声のような奇妙な音がかすかに聞こえた。

（ははあ、そういうことだったのか）剛三はうなった。

その時、ふと頭の上が陰ったような気がした。月が雲に隠れたのかと思って上を見上げたが、そうではなかった。

月は冷気を帯びて冴えている。

その月明りに剛三は見た。両方から突き出ている岩鼻に巨大なヤドカリが足をかけている。この者がヤドカリの王座にある者かと剛三は思った。一休みというところだろうか。海の風景を楽しんでいるようだ。

ハサミの先から細い煙が漂っている。たばこの煙だ。それを口にくわえたのか、火が月の光の中で赤く光った。釣人のライターとたばこをこっそり失敬したに違いない。

沖の船は帰ったようだ。波の音が時折大きくなった。潮が満ち始めたのだろうか。

（二〇〇〇年『フーコー「短編小説」傑作選４（上）』）

II

子豚のヤンチャ

トヨばあさんはとっくに目覚めていたが、床の中でいろいろなことを思い煩（わずら）っていた。戸の隙間からは、朝の光がさし込んでいる。

もうそろそろ起きようかと思った時だった。庭で何か音がする。かすかな音だ。風の音にも聞こえるし、何か乾いたものを引っ掻いているようにも聞こえる。

不思議に思って、トヨばあさんは戸を開けて音のする方を見た。子豚だ。子豚が庭の土を引っ掻いている。ばあさんはしばらく呆然と子豚のしぐさを見ていたが、ふと我に返って子豚に声を掛けた。

「子豚ちゃん、ばあちゃんの庭に穴を掘ったら駄目だよ。子豚ちゃんはどこから来たの？」

トヨばあさんが聞くと、子豚は声のする方を見てグーグーと言う。返事のつもりだろうか。

トヨばあさんは連れ合いのカマじいさんが亡くなってから一人暮らしだった。一人になった寂しさを畑仕事で紛らわせていた。今日も屋敷内にある小さな畑の草取りを考えていた。

どこから来たのかも知れない子豚などにかまってはおれない。トヨばあさんは台所に戻り、一日の食事の準備に掛かった。前の晩洗っておいた芋を大きな釜に入れ、かまどの火にかけた。もう一つのかまどに小さな鍋をかけ、水屋のそばに置いてある味噌壺からさじで味噌をすくいお椀に入れた。鍋のお湯がふつふつと沸いたところに、菜っ葉を入れて味噌汁を作った。おかずは昨日ヤマじいさんが釣ってきたといって分けてくれた魚の煮つけを温めた。さあ、今日の生活の準備はこれでできた。やかんをかけてお茶を入れ仏壇に供えて、子豚ちゃんはもう帰ったかなあ、と思って庭を見ると、子豚の姿はなかった。家へ帰ったのだろうと考えてトヨばあさんはほっとした。

だが、トヨばあさんがお茶を飲もうとした時、ヤマじいさんが子豚を追い立てながらばあさんの家に来た。

「トヨばあさん、この子豚はどこから来たんだ？　ちょっとおかしい豚だよ。今起きたばかりの美智子と武生が庭に出てきたら、二人を見てグーグーと目を細めて間に入って愛嬌を振りまいているんだ。美智子も武生も怖がって家の中に駆け込んだら、グーグー言いながら後を追いかけてくるんだよ。自分も人間のつもりらしいよ。この子豚、よっぽどやんちゃだよ」

「まあ、朝から人騒がせな子豚だねえ。そのうち自分の家へ帰るでしょう。ヤマじいさん、お茶を入れましたよ、どうぞ」

「ああ、どうも」

ヤマじいさんはお茶を飲みながら、朝から晴れ渡った空を見上げた。

「トヨばあさん、こんなに暑い日が続いたら、我々の体はくたびれてしまうなあ。今日あたりさぁっと一雨欲しいなあ」

「ああ、ほんとに。でも野菜畑の整地もしたいしねえ」

と、トヨばあさんも空を見上げてから、子豚のことが気になって庭に目を向けた。

子豚は庭に寝そべっている。自分の家に帰る気は全くなさそうだった。

この子豚は家にいるつもりだろうかと、トヨばあさんは思ったが、まあ、子豚の一匹くらい増えたって、大したことはないだろうと思うようになった。

「トヨばあさん、もう帰るよ。お茶、ごちそうさま。ヤンチャな子豚はどこだ?」

と、ヤマじいさんは帰りがけに聞いた。

「ああ、自分の家に帰る気は全くないらしいよ。あの子豚の家を知っていれば連れて行くこともできるけどねえ。ほんとに困ったことになりましたねえ。まあ、そのうち美智子ちゃんや武生ちゃんも慣れるでしょう。あのやんちゃを勘弁(かんべん)してくださいね」

トヨばあさんはヤマじいさんに謝った。

ヤマじいさんが帰ると、子豚は立ち上がって婆さんに近づいてきた。

「子豚ちゃん、お隣に迷惑かけちゃいけないよ」

と言いながら、トヨばあさんは煮えたばかりのふかふかの芋と魚と味噌汁の朝食を食べ始めた。

婆さんが食べるのを見た子豚はグーグー言いながら寄ってきた。

「お前も腹が空(す)いたのかい。そうだよねえ、朝早くから働いているもんねえ」

トヨばあさんは、お汁の残りに芋をとろとろにつぶしたのを入れて、子豚の鼻先に置いて言った。

「さあ、食べなさい。食べたら家へ帰るんだよ。ばあちゃんのお隣さんや村の人たちに迷惑を掛けちゃいけないよ」

子豚はばあさんの言っていることなんか聞いてはいなかった。与えられた物を一生懸命食べている。

「やれやれ、変な子豚にかかわったものだ」

トヨばあさんはぼやきながらその日の仕事の準備をして畑に出かけた。屋敷内にある小さな畑には草が生い茂っていた。婆さんはへらで草を取り、野菜畑の整地を始めた。

トヨばあさんが畑に出かけると、子豚は後を追いかけてきた。もう子豚にはかまってはいられないとばあさんは仕事を続けたが、それを見ていた子豚は、口で草をくわえ、足で土を掻き、草を引き抜いている。ばあさんは子豚のしぐさを呆気にとられて眺めていた。このやんちゃな子豚は、ただの子豚ではなさそうだ。私を助けに来た何かの使いかもしれない。年寄り一人で農作業は大変だろうと、神様が遣(つか)わせたのだろうか。

トヨばあさんと子豚は黙々と草取りを続けた。子豚の手伝いで整地がだいぶはかどった頃、日は真上に来ていた。もうお昼だ。帰ろう。

「子豚ちゃん、ばあちゃんのお手伝い、ありがとうね。お昼だからもう帰ろう」

トヨばあさんが歩き出すと、子豚は後をついて来た。昼も同じお芋と魚と野菜の味噌汁。子豚にも朝と同じように食べさせた。

トヨばあさんは食事の後考えた。子豚の寝る場所を作らないといけないんじゃないか。帰る家があればそのうち帰るだろうから。

トヨばあさんはとりあえず軒下にわらを敷いて子豚の寝る場所を作った。そしてまた午後の仕事に出かけた。子豚はばあさんの後をついて来た。今度もばあさんの仕事を真似て手伝っている。

今日は仕事を早く切り上げようとトヨばあさんは思った。七月ももう半ば、焼けるような暑さである。

「ねえ、子豚ちゃん、今日の仕事はもう終わりにしましょう。お疲れさんね」

「グーグー」

はい分かりました、という意味らしかった。

トヨばあさんは屋敷内にある井戸の水を汲み上げて水浴びをした。汗びっしょりの体を冷たい水で洗い流すと、生き返ったような爽快（そうかい）な気持ちになった。ばあさんは同じ事を二度、三度繰り返した。子豚はばあさんのしぐさを珍しそうに見ている。

「子豚ちゃんも水浴びしようか」

と言いながら、トヨばあさんは水を汲み上げて子豚にかけてやった。子豚はうれしそうに走り回った。子豚との一日は楽しかった。


それから三日後のこと、隣のヤマじいさんがやって来た。トヨばあさんと子豚の仕事ぶりを見たのだろうか、ヤマじいさんに聞かれるままに、トヨばあさんは子豚のことをいろいろ話した。

ヤマじいさんは家族にも話したのだろう、次の日はヤマじいさんの連れ合いのツルばあさんが来て、子豚のことをいろいろ聞いて帰っていった。さらにその翌日、反対側の隣のミガばあさんとタルじいさんがやって来て、トヨばあさんの家はいよいよにぎやかになった。

トヨばあさんの両隣はヤマじいさんの家とタルじいさんの家である。畑の中に家がある遠い隣もあるが、遠い隣も近い隣もみんな仲の良い小さな村である。

子豚は隣の人たちにもやんちゃな子豚ともてはやされているのを知ってか知らずか、

時々いなくなったりしていた。子豚は近くの小学校の休み時間の元気なにぎわいを知っていた。それで隣の人たちがトヨばあさんの家に来てにぎやかになった時は、こっそり抜け出して小学校の運動場に行き、休み時間の生徒たちを追いかけたり追いかけられたりして楽しく遊んでいるのだった。

小学校の先生もしばらくは楽しそうに見ていたが、これではいけないと思ったのだろう、ある日、遊んでいる生徒の名前を呼んで言った。

「村上君、豊見城君、石垣君、この子豚をトヨばあさんの家に連れて行こう、逃げないようにみんなで囲んでな。元気な子豚で面白いが、やっぱり学校には邪魔だ」

子豚は逃げようとしたが、皆に囲まれて逃げられないと観念したのか、おとなしくばあさんの家に帰った。

「ばあちゃん、この子豚は元気でやんちゃで面白い豚ですねえ。休み時間に学校の運動場に来て生徒と遊んでいるんですよ。だけど、生徒も休み時間ばかりではありませんので、みんなで連れてきました」

「まあ、先生、すみませんでした。庭にいるとばかり思っていたのに、学校に行って迷惑をかけていたんですか。ほんとに申し訳ありません。これから気をつけます」

「しょうもない子豚ちゃんねえ。学校や村の人たちに迷惑をかけちゃいけませんよ」

子豚は、ばあさんを見上げている。

「ばあちゃん、ごめんなさい」

と謝っているように見えた。

しばらくすると、子豚の体に変化が見えてきた。つやつやした黒毛に白い毛がまばらに生えてきた。そして白い毛は形を作り始めた。首のあたりからお尻の方にかけて一本の白い線が背中の上を通っている。また耳のあたりからお腹の上にも二本の白い線。しっかりとした三本の線だった。


トヨばあさんと子豚の平和で楽しい日々は過ぎていった。「子豚のヤンチャ」と皆から愛されていた子豚は、気がつくと、大人になりかけのしなやかな若豚になっていた。食事を与えるのも難しくなった。でもばあさんは自分の家族だと思っているので苦にならなかった。しかしヤンチャは、ばあさんが自分を養うのに苦労しているのを知っていた。

そしてある日、ヤンチャはいなくなった。

ヤンチャがいなくなったことを知って、隣のヤマじいさんの家族とタルじいさんの家族は、トヨばあさんと一緒に近くの畑などを捜してみたが、見つからないので、まあ、そのうち帰るだろうと思って待つことにした。

だけど三日、四日と待ってもヤンチャは帰らない。トヨばあさんは焦り始めた。また隣と一緒になって探し歩いたが、見つからなかった。どこに行ったんだろうと皆心配した。

でもトヨばあさんはあきらめなかった。必ず帰る。ヤンチャが帰る所は家しかない。

しかしヤンチャは帰らなかった。ばあさんはヤンチャを捜して、畑に家のある遠くの隣をも尋ね歩いた。遠くの隣もヤンチャのうわさは聞いていた。

「面白い子豚だそうだよ。トヨばあさんの畑仕事も手伝うそうだ、足と口を使ってな。この世では聞いたことがない珍しい豚だ」

と、トヨばあさんの気持ちを思いやった。

「ヤンチャー、ヤンチャー」

トヨばあさんの呼び声は涙声になる。

「ヤンチャはトヨばあさんの家族だもんなあ」

トヨばあさんと同じ気持ちになって捜し歩く村人たち。どこかにいる、必ずどこかにいると信じながらも、見つからないヤンチャへの苛立ちがつのった。でもトヨばあさんは諦めない。道という道をくまなく歩き回り、そして会う人ごとに尋ねた。

「豚を見ませんでしたか？　子豚のヤンチャと呼んでいますが、子豚ではありません。大人の豚です。黒毛の豚ですが、白い線が首のあたりから尻の方にかけて三本あります」

トヨばあさんは会う人ごとに説明した。だが、

「見かけませんなあ」

という返事ばかりだった。

明るかったトヨばあさんは、だんだん沈んで物思いにふけるようになった。親しい人たちはばあさんのことが心配になった。

皆で集まってお茶を飲んで楽しく日々を過ごしていた頃に比べると、トヨばあさんはやせてきたようだった。家族を亡くしたような悲しげなばあさんが哀れである。隣の親しい人たちは、トヨばあさんを励ましたり慰めたり茶飲み話ににぎやかに笑ったりして、ばあさんの気持ちを明るくしようとした。

トヨばあさんは優しい隣人たちの心遣いを知っていた。一緒に笑ったりして楽しげにしているのは、隣人たちへの感謝の気持ちからであった。でも、皆が帰ると寂しくなる。心にぽっかり穴が開いて、風が吹き抜けていくようだ。

　そんな日々が半年は続いただろうか。

　ある日、トヨばあさんが昼食を終えてぼんやりお茶を飲んでいると、八歳か九歳くらいに見える少年が、ばあさんの家に現れた。

「ばあちゃん、こんにちは。僕は正吉といいます。遠くから来ましたが、のどは乾くしお腹はすくしでくたびれてしまいました。ばあちゃんの所で休ませていただけませんか？」

　見たことのない少年だった。

「お母さんのお使いかい？　感心だねえ。ゆっくり休んで行きなさい。お水もいっぱい飲んで、お芋と味噌汁しかないが、お腹いっぱい食べて行きなさい」

　トヨばあさんは、芋と味噌汁と冷たい水を持ってきた。

「ありがとうございます」

　と、歳に似合わず礼儀正しい少年である。トヨばあさんが持ってきた昼食を一気に食べると、もうどこにも行く気はなさそうに見えた。

「正吉さん、お使いは？」

「僕は行く所はありません。ばあちゃんの所に置いてください」

そう言って、正吉はちょっと体を動かした。その時、トヨばあさんは正吉の着物の模様を見た。三本線の模様だ。ばあさんは腰を抜かしそうになったが、ぐっと腹に力を入れて正吉を見つめた。しかし正吉は、どこから見ても礼儀正しい可愛い少年である。

「正吉さん、ばあちゃんの家でよかったらいてもいいよ」

「ありがとうございます」

正吉の顔がぱっと輝いた。

そしてその日から、二人の生活が始まった。

正吉はばあさんの仕事は何でも手伝った。隣のヤマじいさんやタルじいさんの家族も、ヤンチャがいた頃のようにトヨばあさんの家に集まって、また楽しくにぎやかになった。皆にお茶を入れるのは正吉の仕事になった。芋を掘ったり水を汲み上げるのも正吉がやってくれる。トヨばあさんはとても幸福だった。

だが、ただ一つ、トヨばあさんの気になることがある。三本線の模様がある着物だ。隣の人たちはもう気づいているだろうか？　トヨばあさんは気が気でない。

そのことで思い悩んでいた時、あることに気がついた。あっ、そうだ、あの着物があった。あの着物を正ちゃんの着物に仕立て直せばいい。

それは亡くなったカマじいさんが残した着物だった。

トヨばあさんは、さっそくカマじいさんの着物を木箱から取り出してきて糸を外し、一日で正吉の着物に縫い上げた。カマじいさんの着物から子ども用の着物が二枚できた。

「正ちゃん、正ちゃんが着ている着物は汚れているから、ばあちゃんが作った着物に着替えようね」

「ありがとう、ばあちゃん」

と、正吉はお礼を言ったが、あまり気乗りのしない様子で着替えた。これで安心と、トヨばあさんはほっとした。

トヨばあさんの仕事はほとんど正吉がやったが、仕事が終わると、ヤマじいさんや美智子ちゃんや武生ちゃんと遊んでいた。トヨばあさんは正吉のそのような生活を、これでいいのかと考えるようになった。小学校は家の近くにあることだし、学校に行かせた方がいいのではないか、そう思って、正吉に聞いてみた。

「正ちゃん、正ちゃんは学校に行って勉強してみませんか？　勉強しないと偉くなれないよ」

「行ってもいいよ」

正吉はあっさり承知した。

トヨばあさんがさっそく学校へ行って先生にお願いすると、先生は、

「いいですよ」

と言う。何とも簡単な話である。

翌日、トヨばあさんは正吉を連れて面接のために学校へ行った。ちょうど休み時間であった。

「先生、この子です。正吉といいます。よろしくお願いします」

と、深く頭を下げてお辞儀をした。正吉もばあさんと一緒にお辞儀をした。

「ほう、良い子だ。しっかり勉強しなさい」

先生はそう言って、帳面と鉛筆と消しゴムを正吉に手渡した。それから、正吉は先生に連れられて教室へ向かった。トヨばあさんはその後ろ姿を見て安心し、一人で家へ帰った。

正吉は学校が好きだった。勉強も休み時間の遊びも正吉には面白かった。学校へ行くのが楽しくなり、勉強も好きになった。

学校に慣れて友達もでき、いよいよ楽しさが増してくる頃、一番楽しい運動会がある。

運動会は一年生のゆうぎから始まるのが常である。先生に教えられたゆうぎを無邪気に踊る子どもたちの姿は何ともいえず可愛くて、見物席はやんやの喝采であった。二年生、三年生と種目は続き、一年生の走り競争になった。正ちゃんがスタートラインにつくのをトヨばあさんは見た。期待で体がぞくぞくした。頑張れよう、正ちゃん！　と心の中で叫んだ。そしていよいよスタートのピストルが鳴った。一年生はスタートラインから一斉に飛び出し、まっしぐらに駆け出した。

しかし間もなく、ストップを知らせるピストルが鳴り響いた。どうしたのだろう。見物席は騒然となった。応援の声もぴたっと止んだ。何が起こったのか、トヨばあさんには分からなかった。

六年生までの駈けっこやゆうぎが済んで、運動会は終わった。

楽しみにしていた運動会が終わり正吉は帰ってきたが、何か物足りないような顔をしている。

「ばあちゃん、今日の運動会は楽しかったけど、先生が変なことを言うんだよ。正吉くん、四本足で走るのは止めなさいって。僕はみんなと同じように走っていたのに。徹君や学君は僕の後を走っていたんだ。僕は運動場を二回まわってもぜんぜん平気なんだけど先生がストップのピストルを鳴らしたんだ。ばあちゃん、僕はみんなと同じように走っているのに、先生は、正吉、四本足で走るのは止めなさいと、言われたんだ」

トヨばあさんはふわぁっと気が遠くなるような気がして、しばらくは口がきけなかった。

「どうしたの、ばあちゃん？」

「ああ、そうか。それで一番になったんだね」

「いや、僕はみんなと同じように走っていたんだ。走るときは足で走るんだよねえ、ばあちゃん」

「それは足に決まっているさあ。先生の方が間違っているよ、ハハハハハ」

トヨばあさんは、やっとの思いでおかしい振りをして高笑いをした。

それからというもの、先生も生徒も不審そうに正吉を見るようになった。トヨばあさんだけが知っている正吉の化身。しかし他人に不審の目で見られる正吉を、ばあさんは哀れに思った。

四本足で走ったり、一年生なのに六年生が習う勉強も分かったりする正吉を、先生はもう人間だとは思っていなかった。どこか遠くから来た使わしめではないかと思っていた。

「正吉が来ると授業がやりにくい。変わった生徒が来たもんだ。こんな小さな学校では教えにくくてしょうがないよ。これから教えようとすることは全部お見通しなんだから。学校に来なくても知っているんだ」

正吉の先生は、あのやんちゃな子豚を家まで連れて来た陽気な先生だが、正吉が学校に来てからは愚痴（ぐち）っぽくなった。

私の大事な正ちゃんのことをなぜ悪くいうのだろう。トヨばあさんはまた物思う人になった。

「ばあちゃん、もう言わないで。そういうことになっているんだよ。僕ねえ、ばあちゃんが大好きだ。学校に行かせてくださったり、着物を作ってくださったりしてありがとう。ばあちゃん、僕、きっとまた元通り元気になるよ」

と、正吉はばあさんを慰めたが、ばあさんはもう元気にはなれなかった。

ある日、トヨばあさんは正吉の手を握って言った。

「正ちゃん、これまでありがとう。ばあちゃんがいなくなっても元気でこの家で暮らしなさいね。正ちゃんは正ちゃんのままでいいんだよ。それから、正ちゃんがばあちゃんの所に来た時、着ていた着物ね、あれは仏壇の下の箱の中に置いてあるからね」

トヨばあさんだけが知っている黒地に白の三本線のある着物は、ヤンチャの体の模様だった。あの着物が必要な時がきたら着なさい、というのである。

日暮れ時、タルじいさんの連れ合いのミガばあさんが、お粥を炊いてトヨばあさんの見舞いにきた。

「トヨばあさん、具合はどうですか？　娘がね、米を送ってきたんですよ。それで今、やわらかいお粥を炊いてきました。正ちゃんと一緒に食べてね。食べないと元気になれないよ」

タルじいさんとミガばあさんには娘が二人いる。二人の娘は海を越えた遠くの町に働きに行っていて、時々お米やお金を送っては親孝行をしている。

「ありがとう、ミガばあさん。お世話になります」

トヨばあさんは消え入りそうな声でお礼を言った。

「ありがとうございます」

正吉も心温かい隣人に感謝した。

トヨばあさんは、長い間つき合ってきた隣の人たちへのお礼の気持ちから、粥を少しずつ食べた。

「正ちゃん、すまないねえ。何の因果で正ちゃんのような良い子をばあちゃんの所で難儀させているのだろう」

トヨばあさんは、こんなに弱っても正吉のことを心配している。しかし正吉はばあさんを元気づけようと、ほがらかにてきぱきと立ち働いた。

ヤマじいさんはそんな正一を哀れに思った。

「なあ、みんな、正ちゃんが不憫だ。我らで病人の食べられる物を持ち寄ろうじゃないか」

ヤマじいさんの提案に皆賛成した。

「ああ、そうしよう。そうすれば正ちゃんが食事作りをしなくて済む。ばあちゃんの用だけできるからなあ」

翌日から食事の持ち寄りが始まった。

「正ちゃん、お粥をつくったよ。ばあちゃんに食べさせてね。正ちゃんの分もあるから正ちゃんも食べるんだよ」

と言って、ヤマじいさんとこのウメばあさんが粟のお粥を持ってきた。

「正ちゃん、今日なあ、魚釣りに行ったんだよ。こんなに大きなミーバイが釣れてなあ。きれいにこしらえてきたから、お汁にしてばあちゃんと一緒に食べなさい」

と言ってタルじいさんは魚をぶら下げて来た。みんなトヨばあさんに声をかけてくれた。

「トヨばあさん、食べないといけないよ。食べて早く元気になれよ」

皆さん、ありがとう。トヨばあさんは手を合わせて感謝した。

夕暮れになって雨がぽつりぽつり降り始めた。正吉は心細かった。正吉が雨足を見ている時だった。

「正ちゃん、ばあちゃんはどうだい？　少しでも食べたかね？　今晩はなんかどしゃ降りになりそうな空模様だよ。正ちゃん心細いだろうから、後でタルじいさんと二人で来るからね」

ヤマじいさんがそう言いにきた。

「ああ、良かった」

正吉はほっとした。

その晩、トヨばあさんの容体が急変した。ヤマじいさんとタルじいさんに、

「長い間お世話になりました」

と、お礼の言葉を残し、正吉の手を握ったまま息を引き取った。

ヤマじいさんやタルじいさんなど隣の人たちが手伝って、正吉はばあさんの葬式を出した。村の人々は感心したが、首をかしげたりする人もいた。

四十九日が済み、百日の法要が済むと、世話になった人たちに心からお礼を述べ、学校の先生や友人たちにもお礼の言葉を残して、正吉は姿を消した。

どこへ行ったのだろうと村の人たちはうわさし合った。家の中はきれいに整頓されていた。

「あの子は天からのお使いだったかもしれないなあ。子豚のヤンチャが変身した姿だと思うけど、本当は神の御使者だったんだ」

ヤマじいさんの御使者という言葉には、畏(おそ)れの気持ちが込められていた。

「ヤンチャのいたずらは、神の御使者の罪のないいたずらだったんだよ。だんだん成長して人間の姿になり、トヨばあさんに孝行した。子豚のヤンチャはトヨばあさんにいろいろ心配かけたもんなあ」

ヤマじいさんは、かつてヤンチャを殺そうとした自分の罪の深さを心の中で詫びながら、そう言った。
トヨばあさんは、最初会った時から正吉をヤンチャの化身だと思っていた。だから最後の息で黒字に白い線が三本入った模様の着物をしまってある場所を教えたのだ。でもトヨばあさんは人間の正吉に見取られて亡くなっている。正吉が果たして神の使者だったのかどうかは誰も知らない。そう信じるだけだった。

（二〇一四年）

デイゴ森の動物たち

南の島に、デイゴ森という美しい森があります。デイゴ森には、南の島の動物たちが住んでいます。木の上には鳥たちが、木陰には大地を歩く動物たちが住んでいます。

空を飛ぶ美しい声のアカショウビンのコッカローは、森の警備員です。力の強いカンムリワシのカンカンは、警備員を助けて森の動物たちを守っています。

ある夕暮れのことでした。パトロール中のコッカローが声を張り上げています。

「森の皆さん、緊急事態が発生しました！　コロガリ山が燃えています！　早く避難してください！　緊急事態発生！　緊急事態発生！　緊急事態発生です！」

コッカローの美しい声は森に響きわたりました。

動物たちは夕食の準備中でした。慌てた動物たちはコロガリ山の方を見ました。

「あっ、コロガリ山が燃えているぞ！」

カラスのガックンが叫びました。

「何だと？　コロガリ山だと？」

牛の牛助も叫びます。

ここは動物たちの食事を準備する所です。みんな食事の準備をやめて、コロガリ山の方を見ました。木の間から見えるコロガリ山は、真っ赤に燃えています。

「ヒヒーン、これは大変だ！　みんな、避難するんだ！」

元気の良い若馬のサニーが大声を上げます。

もう食事の準備どころではありません。動物たちの家族は素早くまとまって、逃げる態勢ができています。

「皆さん、準備はできましたか？　家族はまとめましたか？　避難先はマルマル山です。さあ、行くぞ！」

コッカローが叫びます。

先にコッカローの家族が飛び立ちました。続いてサギ、カラス、ヒヨドリ、野鳩、金鳩、ベニアジサシの家族が、まとまって次々飛び立ちました。カンムリワシの家族は、みんなを守ってしんがりを飛びました。渡り鳥たちも後を追います。

「避難先はマルマル山です！　皆さん、遅れないようについて来てください」

コッカローはみんなを励ましています。

さあ、こっちは四つ足の動物たちです。

「避難先はマルマル山だ。みんな走るんだ！」

足の速いサニーが先頭になって走ります。

森の動物たちは心優しい動物たちです。だから互いに励ましあって走ります。

「マルマル山はもうすぐだぞ、元気を出して走るんだ！」

先頭を走っているサニーは、後に続く動物たちを振り返って励まします。

だけど、ここにいくら頑張っても、みんなから遅れてしまう動物がいました。

亀さんです。

亀たちは命がけで走っています。だけど、みんなから遅れてしまいます。亀たちの走る速さはもう限界のようです。

「私たちはみんなに遅れてしまったが、これ以上速く走るのは無理だ」

後ろを走っている亀が言います。

「私たちはここで焼け死ぬのか。ああ、無念だ。もっと生きたい」

長老の亀が悔しそうに言います。

亀たちが嘆きながら走っていると、白いものが亀たちの中に飛び込んできました。

うさぎです。

「おう、亀さんたちよ。皆さんのことが心配で戻ってきたが、みんなからずいぶん遅れましたねえ。助けようと思って来たが、私だけじゃ無理だ。私は戻って仲間を連れてくる。みんな、気を落とさずに頑張って走ってください」

うさぎはそう言って、いま来た道を引き返して行きました。

「みんな、元気を出せ！」

誰かが声を掛けます。

「おう、頑張ろう。みんなも頑張れよ！」

と、長老亀が後ろを走っている亀に呼びかけたその時、向こうから白い波が押し寄せてきました。

うさぎです。うさぎの一群です。

「亀さんたちよ、みんなで助けに来たよ。私たちの背中に乗って、両手で耳をつかみなさい。落ちないようにな」

亀たちは感謝の気持ちでいっぱいです。

長老の亀は、うさぎの背中に乗る時、

「ねずみたちは行きましたか？」

と聞きました。

「ああ、犬たちがくわえて行きましたよ」

と、うさぎが言うと、安心した様子で背中に乗りました。

「それっ、行くぞ！」

亀を背負ったうさぎたちは、いっせいに駆け出します。

先にマルマル山に避難していた動物たちは、遅れていた亀たちがうさぎの背中に乗ってきたのを見て、安心と感動で喜び合いました。

「よかったねえ、亀さんたち、無事に避難ができて。うさぎさん、亀さんたちを助けてくれてありがとう」

と、サニーはうさぎたちにお礼を言いました。

そんな喜びの声を聞きながら、コッカローとカンカンは高い木の上に止まって警備中です。はるか遠くのコロガリ山をじっと監視しています。

「どうも不思議だなあ、カンカン」

コッカローが首をかしげます。

「あれあれ、おかしいぞ。雨は降ってないのに火が消えている」

サニーが言うと、牛の牛助は大きな目をしばたいて、

「うん、不思議だなあ」

と、頭をがくんがくん振っています。

他の動物たちもコロガリ山の方を見て、ざわざわざわめきました。

その時、草むらから、ぴょんと蛙が跳びだしてきて言いました。

「コロガリ山が火事で、皆さん、避難されたそうですね。お疲れ様でした。でもねえ、この私の目には火事なんか見えませんでしたよ。あれはね、あの真っ赤に見えたのは夕焼けですよ。明日も良いお天気ですよ、と教えてくださったんですよ。ワッハッハッハ、ワッハッハッハ」

蛙は腹をかかえて愉快そうに笑いました。

「そうか、そうだったのか。ワッハッハッハ、ワッハッハッハ」

森の動物たちもおかしくなって笑いました。

「ワッハッハッハ、ワッハッハッハ」

「面白い、面白い、何もかも面白い。ワッハッハッハ、ワッハッハッハ」

動物たちは笑いが止まりません。

腹をかかえて、

「ワッハッハッハ、ワッハッハッハ」

風が、

「ワッハッハッハ」

と笑って吹き過ぎていきます。

マルマル山の木たちも体を揺すって、

「ワッハッハッハ、ワッハッハッハ」

みんな楽しそうです。

慌て者はコッカローだけではありません。デイゴ森の動物たちは、みんなのんきでそそっかしい動物ばかりです。

笑いがやっとおさまると、みんな楽しく話し始めました。

「コロガリ山は真っ赤に燃えてるように見えたよねえ」

「うん、燃えてるように見えた」

今まで黙っていた豚が言うと、

「うん、僕にも燃えてるように見えたなあ」

と、イリオモテヤマネコも言う。

「私たち亀は走るのが遅いので、もうここで死ぬのかと思いましたよ。うさぎさんが助けに来てくれた時はほんとにうれしかった。うさぎさん、本当にありがとう」

長老の亀はみんなに代わってお礼を言いました。

「何の何の、亀さん。災害が起きた時、弱い者を助けるのは当たり前のことですよ」

うさぎさんは楽しそうに言います。

避難も楽し、走るも楽しい動物たちですが、夕飯を食べそこなって腹ぺこです。そこでサニーが提案しました。

「みんな、私たちは夕飯を食べそこなった。その上、一生懸命走ったんだ。みんな腹ぺこだと思う。どうだい、今夜はマルマル山の麓の若草を食べようじゃないか」

「そうしよう、そうしよう」

と、みんながやがやがや。

草を食べる動物たちは、若草を食べてお腹いっぱい。

鳥たちは、豊かに実った木の実を食べて満足そうです。

こうして一夜が明けました。いよいよ今日はデイゴ森へ帰ります。

コッカローは木の上から下りてきて、集まっている動物たちに言いました。

「皆さん、私たちのデイゴ森に帰りましょう。私たちはすぐに発ちます」

鳥たちは、コッカローを先頭に、カンカンはしんがりを飛んでいきました。

「おお、鳥たちは行ったぞ。我々も出発だ！」

コロガリ山の火事騒動は、動物たちをますます仲良くさせました。

「みんな元気に行こう、我らのデイゴ森に！」

サニーを先頭に、今度は長い長い行列です。

デイゴ森が見えた時、動物たちは一瞬どきっとして立ち止まりました

「あれっ？　デイゴ森が燃えているぞ」

みんな騒ぎ出します。豚はブーブー、山羊はメーメー、犬はワンワン、サニーの家族までがヒヒーン、ヒヒーンと絶望の声。

この騒ぎを聞きながら、大きな目をこらしていた牛助が言いました。

「みんな、静かに、静かに。花だよ。真っ赤なデイゴが咲いているんだ」

「あっ、ほんとだ！　デイゴが咲いている！　火のように真っ赤に燃えている！」

動物たちの驚きと喜びの声はデイゴ森にこだましました。

動物たちの姿を見るや、デイゴがぱっと咲き誇り、なつかしい家族を迎えたのでした。

デイゴ森に、また平和な楽しい日々が訪れました。

ピーホロ、ピーホロ、空から鳥たちの歌が聞こえます。

（二〇〇九年）

デイゴ森の動物たち

マーペー悲話

私は名をマーペーといいます。故郷は八重山の離れ島の、黒島という小さな島です。小さな島のゆえか、住民は助け合ってなごやかに暮らしていました。島の畑から収穫する作物は同じ物ですから、島の人々は皆同じ物を食べ、同じような生活をしていました。隣りの家から隣りの家へ嫁に行き、その隣りの家から隣りの家へ嫁入りがあります。私たち住民は、小さな島で仲良く平和な日々を送っていました。

しかし、知らず知らずのうちに危機が迫っていました。島には多くの子どもが生まれ、平和な島の人口は増える一方でした。島では生活ができないほど人があふれていたのです。そのため、島で収穫できる食糧では島の人口を支えることができなくなりました。

島を守っている男たちはたいへん心配して住民と島の様子を調べ、それまでのように変わりなく生活していくためにはどうすれば良いか、何度も話し合いました。しかし良い案もなく、ただ心配しながら毎日を過ごしていたのです。

そのうち首里の王府にそのことが知られるようになったのでしょうか、首里の役人たちが島に来るようになりました。役人たちは、住民の数と島の畑を調べてまわりました。首里王府に納める人頭税(にんとうぜい)のことを計算していたのかもしれません。私たち住民は不安で落ち着かない日々を過ごしていました。

そんなある日、役人が住民に告げました。

「この島には人があふれている。島でできる作物では住民が安心して暮らしていくことはできないだろう。そこで我々が考えた解決策は、住民を分けることだ。石垣島に野底という土地がある。その野底に移るのだ」

私たちは急な命令に驚き、不安になりましたが、仕方のないことでした。役人の命令に刃向かうと命を失うことになるかもしれないからです。

役人の計画は簡単なものでした。役人は島の真ん中に線を引きました。そして住民に告げました。

「この道のこちら側の住民は、今まで通り、島で生産に励め。あちら側の住民は、野底へ移るのだ」

役人の言葉に住民はざわつきました。でも仕方のないことだと諦めるしかない。諦めるしかないが、やっぱり悲しいことでした。

私、マーペーには、カニムイという恋人がいました。子どもの頃から仲良しのカニムイと、もうすぐ結婚することになっていたのです。だけど、カニムイと私は中道のこちら側とあちら側に住んでいたので、別れることになりました。カニムイは黒島に残り、私は野底へ移ることになったのです。

カニムイと私は、二人を分けないでくださいと、地面に頭をすりつけ必死になって役人に頼みました。だけど、役人は、絶対にならん、と許してくれません。二人が一緒にいられたら、どんなに幸福だったでしょうか。でも、もうどうにもならないのです。カニムイと私は泣き崩れました。

野底に移る住民と黒島に残る住民には、親子や親戚（しんせき）がたくさんいました。どんなに悲しく絶望したことでしょうか。しかし別れるしかないのだ。悲しみに押しつぶされ、いっそこのまま霊魂になってこの世の別れから逃れられればと思うほどでした。

カニムイと別れたくない、一緒にいたいと思っても、時間はどんどん過ぎていきました。

そしてついに島移りの船に乗る日がきました。皆悲しそうに声を張り上げ、島に残る人々に別れを告げました。カニムイと私は涙にむせび、互いの名を呼び合うことしかできませんでした。

とうとう船が浜辺から海へ押し出されました。砂浜に立っているカニムイの姿が少しずつ遠くなっていきます。カニムイと私は声を限りに呼び合いました。

「マーペー、元気でなあ。また早く会えるように頑張れよう」

カニムイの野太い涙声。

「カニムイ、カニムイー！」

私は声を張り上げてカニムイの名を呼びました。カナムイの声はだんだん遠くなり、カニムイの姿もとうとう見えなくなりました。

別れの悲しみとはうらはらに海はおだやかで、島移りの民を乗せた船は、群青色に輝く

海をすべるように進んでいきました。どれくらい経ったでしょうか、

「島だ！　島がみえるぞ！」

という声に、皆はっとして彼方を見つめました。黒島よりずっと大きな島が見えてきました。黒々とした山並みは、船が島に近づくにつれ、深い緑色に変わっていきました。遠くにひときわ高い山がどっしりと座して、灰色がかった青い山影が幾重（いくえ）にも重なって見えました。

海岸を右手に見ながら、船は海を北へ進みました。黒島での別れの悲しみは徐々に希望に変わっていきました。自分たちの新しい故郷を自分たちで作るのだ。頑張ろう。なあ、みんな頑張ろう。互いにそんな言葉を交わしつつ励まし合ったのです。そして日が傾きかけた頃、とある白い砂浜に上陸しました。こうして私たち島移りの民は、希望を抱いて野底に着いたのです。

しかし、野底の険しい山を目の前にした時、私たちは愕然（がくぜん）とし、意気込みは消えてしまいました。砂浜から一歩入ると密林が広がり、名も知らぬ大木には、蔓（つる）がてっぺんまでは い上がっています。このもの言わぬ敵と今日から戦うのだ。

「なあ、みんな頑張ろう」

島移りの長の力強い言葉に、私たちは励まされました。

夕方になると家族や親戚は寄り添いあって、黒島から持ってきた食べ物を並べました。新しい土地での生活は、不安はありましたが、無事到着した安心感でしばし疲れを忘れ、皆おだやかな顔をしていました。

簡単な夕食が済み、住民を率いてきた男たちは真剣な表情で明日からの生活について話し合っていました。女たちは子どもたちを寝かせてから、自分たちも眠りにつきました。私も横になりましたが、カニムイのことを思って涙がこぼれるばかりでした。

こうして野底の最初の夜が明けました。ほとんどの大人たちが目を覚ました頃、早起きして山へ入っていた男たちが、清らかな山水を持って戻ってきました。女たちは、また黒島から持ってきた食べ物を並べ、皆で分け合って食べました。

朝食が済むといよいよ仕事です。まず住まいを造らなければなりません。男たちは陸地を少し奥へ入った安全そうな場所を選び、小屋を建てました。何日か経って数軒の小屋が建つと、次は木々と蔓におおわれた山に入り、畑を作ることになりました。

「ハブに気をつけろよ。毒虫に刺されるなよ」

皆で注意し合い励まし合って、木を切り倒し、土を掘りおこして、開墾(かいこん)を始めました。

ごつごつした石ころの多い土地でした。黒島の畑を耕し慣れた鍬（くわ）は、石に当たって何度もはね返されました。山のあちこちに大小の岩が根を生やしたように座っています。それに何という深い山でしょうか。足元を確かめて歩いているつもりでも、蔓に足を取られたり窪（くぼ）みにはまったりして、山道に慣れた男たちでも転んでしまうほどでした。

　来る日も来る日も、私たちは力を合わせて働きました。雨の日も風の日も、暑い日も寒い日も、皆一生懸命働きました。

　毎日の労働の成果は肥沃（ひよく）な土地でした。私たちは喜び合いました。

「なんと良い土地だ、私たちの故郷は」

　このように皆が希望にあふれて働いていたある日のことでした。朝、仕事を始めようとした時、私は突然、虚無感におそわれました。そして畑仕事に使う鎌（かま）を持ったまま座り込んでしまいました。

「ああ、黒島が恋しい。カニムイが恋しい――」

　どのくらい座り込んでいたでしょうか。私は何かに憑（つ）かれように立ち上がりました。

「彼の山だ。目の前にそびえているあの山に登ってみよう。きっと黒島が見える。カニムイよ、あなたは今、何をしているのか」

私はすぐに決心を行動に移しました。かたわらの鎌(かま)を手に取って立ち上がりました。あの山に登るのだ。

私は山へ向かって歩き出しました。カヤをかき分け、木枝を鎌で切り落として進みました。山猫が急に飛び出して驚きましたが、白黒のその猫は振り返ってじっと私を見ています。しばらく行くとカヤの中から小鳥が飛び立ちました。カヤの中を覗いてみると、巣にうずらの卵が四個光っていました。野山に住む小さな動物たちは私を元気づけてくれました。しかし目の前にあると思っていた山は、進めば進むほど後退し、遠くにそびえ立っています。

でも私は諦めませんでした。ついに山の麓(ふもと)にたどり着くことができたのです。そして山を見上げました。ずいぶんと高い山です。頂上まで登るのは並たいていのことではないと、すぐに分かりました。でも山の麓まで来たのです。頂上までの道を作ればいいのだと、私は奮い立ちました。その時、ちらりと赤いものが目に入りました。島に咲き誇(ほこ)るアカバナです。私は花を一輪つんで髪に挿(さ)しました。ああ、赤い花をひらひらさせた私をカニムイに見せてあげたい。私の心ははずんできました。

外側は美しかった山は、中に入ると険しい岩山でした。木枝や蔓を切り落として道を作り、木や岩にすがって、私は一歩一歩登りました。手足は傷だらけになりましたが、私は夢中でした。そして疲れ果て、もう一歩も進めないと思ったその時、急な斜面の木々の間から青空が見えました。もうすぐ頂上だろうか。私は最後の力を振り絞り、はうように登っていきました。

　そして、頂上に立ったのです。私ははずむ心をおさえて黒島がある南の方角を見ました。

――島が見えない。ああ、黒島が見えない。於茂登山（おもとやま）が立ちふさがっている。ああ、カニムイ、カニムイ――

　私は南に向かってカニムイの名を呼び続けました。

「カニムイ、カニムイ、カニムイー」

　悲痛な呼び声は、山のはかない風のようにゆらめいて、彼方に消えていきました。

　もう声が出なくなりました。体がだんだん冷たくなり、手足が重たく感じられます。カニムイと過ごした故郷の幸せな日々、カニムイのなつかしい顔が胸に浮かんできます。

　石になった私はもう泣くこともできません。でも、私の目は今も黒島を見つめています。私の耳には今も恋しいカニムイの声が聞こえています。
「マーペー、元気でなあ。早くまた会えるように頑張ろうなあ」

（二〇一五年）

地元で伝承されてきたお話をもとに、マーペーの気持ちになって創作しました。

参考文献

竹原孫恭『ばがー島（わが島）・八重山の民話』大同デザイン（印刷）１９７８年

ホタル

「お姉ちゃん」

「なあに？」

「あのホタルさんたちは今もあのお家にいるのかなあ。百合、ホタルさんたちに会いたくなった」

初は胸がつまる思いであった。

「ああ、きっといるわよ。だって、あのお家はホタルさんたちが見つけたお家ですもの。ホタルさんたちも会いたがっていると思うわ。近いうちに会いにいきましょうね」

死と隣り合わせの戦争の中で、初と百合は物言わぬ小さな生き物、ホタルに救われた出来事を思い出していた。

昭和二十年三月二十六日、激しい空襲と艦砲射撃を浴びせた後、沖縄本島の西方に浮かぶ慶良間（けらま）諸島の阿嘉島（あかじま）に米軍が上陸して沖縄戦が始まった。米軍は島々を攻め進んで二十七日には慶良間諸島最大の渡嘉敷島（とかしきじま）に上陸し、二十九日には慶良間諸島全域を占領した。そして四月一日、沖縄本島の西海岸からあっけなく上陸した。

米軍の上陸を知るとすぐ、母、菊と初と百合の姉妹は夜の闇にまぎれた避難民の集団に加わった。どこの家庭も若い男は召集され、残っているのは老人と女子どもだけだった。菊の夫、初や百合の父親も招集されていた。初は十三歳、百合は十歳であった。

住民は戦火から逃れようと先を争って避難し始めた。避難民は北を目指す集団と南を目指す集団に自然に分かれた。しかし逃げ道はわからず、先を歩く人の後をついて行くしかなかった。

避難民の数はいつの間にか膨（ふく）れ上がっていた。米兵の襲撃をさけ、米軍機の飛ぶ合間をぬって、人々は夜間に行動した。いつの間に合流してきたのだろうか、知らない人たちにさえぎられて、家族と一緒に歩いていた人たちも離れ離れになった。菊と初と百合の家族もそうであった。離れ離れになった母と娘は互いに呼び交わそうとしたのであるが、菊も声を出すのを制止されたのか、それっきり声は聞こえなかった。避難民の集団は黙々と大移動を続けている。

初と百合は、大人たちに押し出されて、最後の集団になった。ここから娘二人の運命が変わる。

「百合、しっかりするのよ！」

ふらつき、うずくまろうとする妹を、初は姉らしく気丈に励ました。

「姉ちゃん、お母さんの所に行きたい」

「うん、お姉ちゃんも行きたいよ。だけど、こんなに大勢の人の中をすり抜けて前に出るのは難しいわ。早く避難できる洞穴（ガマ）が見つかればいいんだけど。隠れる洞穴が見つかれば、そこでお母さんと一緒になれるわ。百合ちゃん、しっかり頑張るのよ」

避難民は皆疲れきっていた。初と百合は母と離れて、不安に押しつぶされそうだった。

「お姉ちゃん、水が飲みたい」

「お水ね、水筒に残っていたわ。百合ちゃん、少ししかないけど飲んで元気を出してね」

「ありがとう、お姉ちゃん。お姉ちゃんの分、残しておくね」

初と百合はなめるほどしかない水を飲んで、見違えるほど元気になった。

「みんなから少し遅れたようよ。百合ちゃん、頑張ろうね」

初と百合たちが黙々と歩いていたところに、耳をつんざく爆音がした。Ｂ29による爆弾投下である。人々は地に伏せた。魂を抜かれたように、皆折り重なって倒れていた。

その時、沈黙を破って百合が泣き叫んだ。

「お母さん！」

百合は激しく泣き出した。

「こらっ、黙らんか。声を出したら爆撃されるぞ」

と、しわがれた老人の声がした。

やがてＢ29は爆音を響かせて飛び去った。

「百合ちゃん、飛行機は行ってしまったわ。もう戻ってはこないわ。爆弾の落ちた所に行ってみましょう。お母さんはきっと無事で、私たちの来るのを待っていると思う。ね、元気を出して、また歩きましょう」

「お姉ちゃん、もう歩けない。ひもじいよう」

初も同じだった。早くお母さんに会って、

「お母さん、お腹すいた」

と甘えたかった。

「もう少しの我慢よ、百合ちゃん。みんなに遅れないように歩かなくちゃ」


もう明け方だろうか、東の空が明るんできた。今日もいい天気だ。それがせめてもの慰めだった。だが明けの光の中に映し出された光景は、正視に忍びないものであった。昨夜の爆弾の直撃で、前方を歩いていた集団は全員無残な死に方をしていた。あお向けの者、うつ伏せの者、様々な死の苦しみがそこにはあった。

初と百合の姉妹は、母が死んだとは思いたくなかった。しかし、生き残った人がいない以上、母の死を認めざるを得ない。二人は死体の中を必死になって捜し回った。しばらくすると、百合が真っ青になって倒れてしまった。

「百合ちゃん、しっかりして。ね、お母さんを捜しましょう。きっと待っていると思うわ」

百合は倒れたまま、かすれた声で言った。

「お姉ちゃん、あれ見て。お母さんに似てる」

初はぎょっとして百合の指さすほうを見た。そして、折り重なる死体の間を静かに歩いていった。

母だった。

「お母さん！　お母さん！」

初は泣き崩れた。

「百合、お母さんだわ。お母さんが死んじゃった。ああ、お母さん、お母さん」

百合ははい寄ってきて、

「お母さん！　お母さん！」

と叫びながら激しく泣いた。

「泣けるだけ泣くといいわ、百合。私たちにはどうにもならない。戦争は殺し合いなのだもの」

二人は胸がつぶれるほど泣いたが、そこにいつまでも留まっていられないことは子ども心にも分かっていた。早くここから逃げなければ。Ｂ29はまた来るだろう。さあっと飛んできて、残っている集団を爆撃するだろう。ぐずぐずしてはいられない。

初は母が大事にしていた指輪と時計を手から外した。

「お母さんの形見よ、百合」

東の空は明るくなっていた。太陽が昇る頃だ。

「百合、早く逃げよう。そして生きられるだけ生きよう。戦争が終わったら、お父さんがきっと帰ってくるわ。それまでお母さんが守ってくれる。だから、もう行こう。お母さん、ごめんね。お墓も作ってあげられない。ああ、お母さん、さようなら」

二人は母の遺体に手を合わせた。

少しばかりの非常食は母の菊が持っていたが、もうあとかたもなかった。母が三人分まとめて持っていたのが災いしたのだが、仕方がなかった。二人が生き延びるのに必要な食べ物はもうなかった。

「百合、早く洞穴を探しましょう」

初はあたりを見渡したが、どこも焼け野原だった。ただ、遠くない所に黒っぽい物が見えるだけだ。岩かもしれないと初は思った。岩の下には洞穴があるかもしれない。早く行ってみよう。岩があれば、洞穴はなくても岩陰に潜むことはできよう。初は百合を励ました。

「やがて飛行機が飛んでくる時間よ。さあ、歩きましょう。お姉ちゃんが支えてあげるわ」

百合の顔は真っ青だったが、それでも力を振り絞って歩き出した。すさまじい爆撃の光景は少女たちにはあまりにも酷（こく）であった。早く何もない所に行こう。まだ死臭はないけれど、もうすぐ死の臭いがしてくるだろう。

初は黒っぽく見える地点を目印にした。百合を励まし労わりながら行ってみると、アダンの木が茂っていた。葉が重なりあっている部分は、とげとげした葉が長く伸びて陰を作っている。

「百合、ここで一休みしようね。このアダンの木の下にもぐり込めば大丈夫よ。早く隠れよう」

初は百合の手を引いてアダンの葉をかき分け、木の下にもぐり込んだ。二人が隠れて休むには十分な広さがあった。しかし飢えをまぎらわす物は何もなかった。せめて水でもと思ったが、水筒は空だった。百合は木陰に来て安心したらしく、眠っている。初も百合と並んで横になり、まもなく眠り込んだ。

母の死も爆撃から逃げることも忘れて、二人は眠った。

一時がたち、初はふと目覚めた。百合の表情には何かただならぬものがある。

「百合、百合ちゃん、起きて！　どうしたの、百合ちゃん？　起きなさい。百合、百合！」

　初は百合の体をゆさぶったが、百合は無表情で、閉じられた目は開かなかった。

「百合、死んじゃ駄目！　死ぬ時は姉ちゃんも一緒よ。ねえ、百合、百合、起きてよう」

　初は泣き崩れた。その時、一匹のホタルが百合の手に止まった。初はこの小さな生き物を見て、なつかしさと感動で胸がいっぱいになった。

「ああ、ホタルだ。ホタルが生きていた。ホタルさん、ホタルさん、生きていてくれてありがとう」

　初はまた百合の体を揺さぶった。百合は体を強く揺さぶられて目を開いた。

「ああ、百合、起きてくれたのね。ほら、ホタルが遊びにきているわ。ホタルもこのアダンの陰に住んでいたのよ。アダンの木の陰から戦争を見ていたのよ」

　ホタルは二人の頭上を飛んでいる。初の唇（くちびる）から、かすかに歌声がもれた。

　　ほう、ほう、ホータル来い
　　あっちの水はにーがいぞ

こっちの水はあーまいぞ
ほう、ほう、ホータル来い

子どもの頃、よく歌った歌である。ああ、あっちの水は苦いか。こっちの水は甘いか。そうだ。ホタルは澄んだ水辺に住む生き物だ。

ホタルはいつの間にか二匹になって、二人の頭上を飛び回っている。初が目を向けると、ゆっくりとアダンの奥へ飛んで行った。初はある予感がした。ここは戦争を逃れたホタルたちの住み処かもしれない。迷っている私たちに、自分たちの住み処を教えにきたのかもしれない。きっとそうだ。

初は百合の青白い顔を見ていたが、決心して百合に言った。

「百合、姉ちゃんはホタルの家を見てくるからね。ホタルの家には水があるかもしれない。水をもらってくるから、待っててね」

初は空になった水筒を持ってホタルの後を追った。そして思いがけないものを発見した。

このアダンの茂みから小さな洞穴が続いている。ホタルは洞穴の中に住んでいるのだ。

奥に入るにしたがって冷たい空気が初の顔にさわやかに触れた。

「水だわ、きっと。ホタルが捜し当てた水だわ」

さっきのホタルは初の頭上を飛んでいる。もっともっと奥だよ、と教えているような気がした。

初がしゃがんで歩いて行くと、足はピチャ、ピチャと冷たい水を踏んだ。

「ああ、水だ、水だわ。ホタルさん、ありがとう。生きる力が湧いてきたわ」

もっと奥に行くと、水が岩を伝って流れていた。そして数千のホタルが光を明滅させて岩に吸い付き、一つの大きな光を作っていた。

ホタルが作った瑞祥（ずいしょう）の光、神秘の岩。初は息をするのも忘れるほど感動してホタルたちの演出を見ていたが、ふと我に返り、冷たい水を両手ですくって飲み干した。身震いするほど力が湧いた。

百合もこの水を飲めばきっと元気になる。初は喜び勇んで水筒に水を汲むと、百合の寝ている所へ戻った。

「百合、起きて！　水をいっぱい持ってきたよ。早く飲んで」

初は水筒の水を百合の唇にたらした。ひと口、ふた口、弱々しいが、ゴクッと音をたてて百合は水を飲んだ。

初はふうっと息をはいた。百合は水を飲んだ。もう大丈夫、生きられる。それに、アダンの茂みの奥には小さな洞穴もある。あそこなら絶対安全だ。初は百合を起こして洞穴に移った。二人が身を隠す場所としては十分であった。生きる希望が現実のものとなった。生きられるということは、こんなにもうれしいものかと初は思った。

水を十分飲んで心も体もうるおったが、食べ物がない。初は夜になったら食べ物を探しに出ようと思った。一つの不足を感じる。ああ、何か食べたい。食べ物が欲しい。一つの満足を得ると、一つの不足を感じる。ああ、何か食べたい。

どれくらい経っただろうか。初はふと目が覚めた。百合は規則正しい呼吸ですやすや眠っている。水を飲んで心は豊かになり、二人は安らかな眠りについた。

っている。そろそろ食べ物を探しに出ようと思って、初がアダンの葉をかき分けたとたん、何かがちくりと腕を刺した。

「あっ、痛い」

初は腕をさすった。さすった手に硬く触ったものがある。アダンの実だった。初はあまりのうれしさに頭がぼうっとした。さっきまで気がつかなかったのは、茂った葉に隠れて見えなかったからだろう。アダンの実は熟れて甘い香りが漂っている。ちょうど赤ん坊の頭くらいの大きさである。苦労して実をもぎ取ると、ずっしりした手ごたえのあるその実を持って、初は百合の眠っている所に戻った。

百合はぼんやり目を覚ました。

「百合、百合！　起きて、百合」

「ほら、これ、アダンの実よ。もうすっかり熟しているわ。さあ、起きてこれを食べましょう」

初は、一片一片、実をほぐした。

「ああ、甘い。美味しいねえ」

二人は、久しぶりの食べ物を夢中になって食べた。食べ終わると、二人はにっこりして見つめ合った。

「美味しかったね、百合」

「うん、美味しかった。お姉ちゃん、ありがとう」

洞穴の外では毎日人が死んでいる。爆弾で死ぬ人もいれば、銃撃で死ぬ人もいる。殺したり、殺されたりすることが当たり前の、恐ろしい世界だった。

そんな恐ろしい世界で、この可憐（かれん）な少女たちをかくまってくれた小さな命、ホタル。言葉を持たぬホタルは、体から出る光で優しく二人を包んで、戦争から守っている。

「この洞穴にいれば、水はあるし食べ物もきっと探してくる。何も心配することはないわ。百合が強く生きてくれれば、姉ちゃんはそれが一番うれしい」

そのようなことを初は百合に話した。その夜の二人は幸福であった。


昨日の天気とはうって変わって、今日は雨がしとしと降っている。姉妹は洞穴からそっと出て、アダンのとげとげした長い葉っぱから流れる雨のしずくを手に受け、喜々として顔を洗っている。今日の百合は、生気がよみがえり少女らしい笑い声をたてたりして楽しそうだ。

初はうれしかった。

「お姉ちゃん、ホタルさん、遊びに来ているかなあ」

初の顔を見て、百合は微笑(ほほえ)んだ。

「そうねえ、来ているかもしれないね。私たちが留守にしたら、ホタルさん、かわいそうだね。もう帰ろうか」

雨が降っても、洞穴の外では戦争をしている。すさまじい爆音が洞穴を揺るがす。二人は寄り添って、じっと耳を澄ませていた。爆弾で死んだ母や、たくさんの人たちの死の光景が生々しくよみがえり、二人は手を握り合って座り込んだ。幸福は一瞬のまやかしだったのか。二人はまた爆音に怯えきった。

そんな二人の所へ、ホタルが飛んできた。ホタルを見て、二人の心はなごんだ。

「遊びにきたのね。今日は雨よ。雨が降っても戦争に休みはない。私たちは洞穴から出て行けないのよ」

ホタルは一匹、二匹と増えていった。ホタルも人間がなつかしいのだろうか。いつの間にかたくさんのホタルが二人の周りを飛び交っていた。

今日は一日中雨だった。もう夜だ。アダンの実の夕食を済ませて、二人はうとうとしていた。雨の音は心地よい眠りをさそう。

「お姉ちゃん、お姉ちゃん」

と百合の声を聞いたような気がしたが、初は心地よい眠りから覚めきれず、まだ夢の中にいた。

「お姉ちゃん！」

百合の声が大きくなった。百合が大声を出すのは珍しかった。

「ああ、百合ちゃん、呼んでいたの？」

「うん、さっきから外で変な音がしているの。何の音かなあ、怖いよ」

「そう、何の音だろう。誰か来たのかしら。日本兵が洞穴を探しているのかもしれないね」

二人はひそひそと話しながら聞き耳をたてていたが、人が来るけはいはない。またカサカサと音がした。

「人間がたてるような音ではないわ。姉ちゃんが見てくるから、百合は動かないでここにいてね」

初はそっと出て行った。そしてアダンの葉の陰で息を殺して外のけはいをうかがっていた。しばらくして音は消えた。風の音だったかもしれないと思い、戻ろうとした時、アダンの葉の重なり合った所で、あるけはいがした。手を伸ばすと黒い木陰から鳥が飛び立った。初の伸ばした手は何かをつかんでいたが、目は飛んでいく鳥を追っていた。

闇に白く見えた鳥は白鳥(しらとり)だ。白鳥が何かをくわえてきて落としたのだ。だけどなぜだろうと、初はしばらく考えていた。するとその時、母の形見の腕時計が一瞬チカッと光った。

「あっ、百合、お母さんよ。お母さんの魂（たましい）が、何かを持ってきてくれたんだわ、きっと」

何だろうと初は包み紙を見た。包みを開ける初の手は震えていた。

「百合、チョコレートだよ。チューインガムも入っている。わぁっ、うれしい！」

チョコレートもチューインガムも米兵だけが食べる物だと思っていた。それが目の前にあり、二人の口の中にもある。お母さん、ありがとう。二人は母の面影をしのびながら食べた。初と百合は、母の魂に絶対的なものを感じていた。

「百合、私たちはお母さんの魂とホタルたちに見守られていると思う。どんなに辛い事があっても辛抱（しんぼう）しなくっちゃあいけないね。百合、頑張ってくれるね」

百合はうなずいた。チョコレートを食べて元気が出て、今までの辛いことは忘れたようだ。初は百合の幼なさに救われたような気がしたが、同時にあわれにも感じた。百合は熱病にうなされた事があった。病名は分からないが、その時から母に甘え、また初にも甘えるようになっていた。


今日はいい天気だけれど、のどかな天気とは裏腹に、人間界では敵と味方の殺りくが繰り返されている。今日も幾千幾万の敵味方の命がこの地上から消えることだろう。このような恐ろしい戦闘の中で、チョコレートが与えた幸福に二人の少女は命がよみがえった気がしていた。ただ食を得たという幸福感だろうか、それとも生き延びられるという幸福感だろうか。しかし、そんな優しい感情を吹き飛ばすように、Ｂ29という殺りく機は地上にある物全てをその爆音で揺るがして飛び去った。

昨夜も白鳥は来た。そして乾パンやガムなどを落としていった。姉妹はもうこれ以上は何もいらないと思うような幸せを感じている。

初は夢を見た。夢の中で母が二人に優しく語りかけた。初、百合、よく頑張っているね。もうすぐ戦争は終わるよ。アメリカの兵隊も日本の兵隊も、ここは通り過ぎたわ。沖縄の戦争はもうすぐ終わる。初も百合も死なないでよかった。お父さんも元気で帰るわ。戦争が終わったら、また皆で仲良く暮らせるよ。

「ああ、お母さん、お母さんはどこ？」

初はあたりを見回したが何も見えなかった。

昭和二十年六月二十三日、牛島司令官の自決により、住民を巻き込んだ日本軍と米軍の戦闘が終わった。数日後、戦いの終わりを告げる米兵のメガホンの声が、二人が隠れている洞穴にも響いた。

「よかったねえ、百合ちゃん。もう恐ろしい事は何もないのよ。お父さんも帰ってくるわ。生きていてよかった」

二人が喜んでいるところへ、ホタルたちが飛んできた。

「ホタルさんたち、戦争はもう終わったわ。私たちを助けてくれてありがとう」

人間と動物の心が一つになって喜び合っているところに、米兵がやって来た。そして二人がいよいよ洞穴を出ようとした時、ホタルは一群となって二人の間を飛び交った。ホタルの羽ばたきはかすかな音を響かせている。二人はしばし立ち止まって耳を澄ませた。かすかな羽音は音楽を奏でていた。

「百合ちゃん、ホタルさんたちは戦争の終わりを知っていたのね。この羽音は私たちの幸福を喜ぶ歓送曲だわ」

ありがとう、ホタルたち。二人はホタルの群れをじっと見つめた。みんな、もう外に出て遊べるわ。また会いに来るわね。さようなら。

初と百合は、米兵に腕をかかえられて洞穴を出て、米軍の収容所に連れられていった。

（二〇〇八年）

参考文献
『写真記録　これが沖縄戦だ』大田昌秀編著　那覇出版・琉球新報社、１９７７年

Ⅲ

姫王の子守唄

春霞(はるがすみ)。霞には違いないが、なお白いしぶきがかかった霞だ。ケザじいさんは朝起きると空を見る。空を見てふうっとため息をついた。そしてヤマじいさんの家に行った。

「ヤマさんよう、今日も相変わらずの天気になりそうだなあ」

「うん、どうにもやり切れんのう。今年もまた飢饉(ききん)に見舞われそうだなあ」

二人は隣りであることから、よく行き来して世間話などをする仲である。

海は毎日荒れ続けて波しぶきが村に降りかかり、海辺の村の農作物は枯れて毎年飢饉に苦しんでいた。太平洋と東シナ海が交わる海域で、潮が激しくぶつかり合って波の花を散らしているそうだ。

宇宙の大神様は、海の狂乱をご覧になっておおいに心を痛められ、他の神々とその解決策を相談しようと思われた。我が宇宙は多くの神々が守っておられるが、神々全員をお招きするのは時間がかかる。そこで代表の神々をお招きして事態の緊急を話し合おうとお考えになった。

先ず天上の神だ。天上の神は、天体を治める神様である。地上の神々は、地上に生きる全ての命を守る神々だ。

「皆、来てくださったか。神々もご存じの通り、海はこの荒れようじゃ。このままにしておくと大地はおろか天上まで押し流される。あの勢いではのう。そこで考えたのじゃ。我々が、海を司(つかさど)る海王を置かなかったのがそもそもの間違いじゃった。司る者がないので海は秩序を乱し自由奔放(ほんぽう)に荒れ狂っている。もう猶予(ゆうよ)はなるまいぞ。海王を誕生させなくてはならん。すぐにじゃ」

神々は同意した。同意はしたが、すぐにだと言われる大神様の言葉に戸惑った。

天上の神様が意見を申された。

「大神様のおっしゃる通り、海王は必要だと思います。しかし、どのような誕生をお考えか？」

地上の神々の意見も相次いだ。

「新しく誕生させるのは難しかろうのう。それよりは、神々の中から選出するというのはいかがであろう」

「いや、神々にはそれぞれ役目がござる、地位もござる。海の王は、海の王として立たれるのが望ましい」

とは、大神様のお言葉である。

「では、大神様は海王を誕生させる方法をどのようにお考えか？」

火の神様が質問された。

大神様は、白い火花を散らしてぶつかり合う波から、ひそかにある考えを得ておられた。

「おお、海王を誕生させる方法のう。こう考えておる。海をもっともっと追い込んで狂暴にするのじゃ。怒り狂った海は天高く波を吹き上げるだろう。そこが狙い目じゃよ。天高く立ち上る波の花の中から、美しい海王を飛び出させるのじゃ」

ほう、と神々はうなずかれた。そしてもう美しい海王を想像されて、しばらくうっとりとしておられた。

「しかし条件がある。海王は人間であってはならない。もちろん魚であってもならぬ。それゆえに上半身は美しい女に、下半身はうろこ光る魚にしようと思う。むごい形の生き物のようだが、海王ならば仕方のないことじゃ。美しい乙女が水に生きることはできないし、魚が物を考え、王としての役目を務めることもできないしのう。それにのう神々、海王は水に住む者ゆえに、水に潜っていても自由に呼吸ができるように、腕の奥深いところに少し切れ目を入れようと思う」

大神様の提案に、神々は息をのんだまま言葉はなく、海王の誕生が決定された。

海王誕生決定のその晩から、春の季節風が吹き荒れて、海でも陸でも風雨は猛威(もうい)をふるった。

天候の急な変化に慌てたのは村人たちだった。

「この海の荒れにこの風じゃ。我々の島はもうお仕舞いか。みんな気をつけろ、高波に注意しろ」

人々は興奮している。皆、荒れ狂った風雨の中で気が気でない。

「畑の作物も、もうお仕舞いじゃろうなあ」

ふうっとため息が出る。

高波は空中でぶつかり合った。ぶつかり合いは今もなお続いている。ゴーッ、ゴーッ。海はすさまじい怒声を発している。波の花が天高く咲き乱れた。その中から、すうっと輝いて飛び出したのは十七か八の乙女とまがう人魚だ。

神々はその人魚のあまりの美しさに我を忘れ、うっとりと立ち尽くしておられる。ほおっとため息が聞こえる。

荒れ狂っていた海は、人魚誕生の苦しみが終わってほっとしたようにおだやかになり、海面がきらきら輝いた。海に平安が訪れた。

神々の創意によって誕生した海王の人魚は、その乙女の姿を今は静かな海に抱かれて、夢見るようなあどけない顔で熱帯魚の住むサンゴの森の中でゆらめいていた。神々の姿はもうそこにはなかった。群れてさざめき遊ぶ熱帯魚たちは、自分たちの住み処であるサンゴの森にいる、見たことのない美しい生き物に気が付いた。

サンゴの森の人魚は、無邪気な熱帯魚たちにも近寄り難い神々しさを感じさせたのか、遠からず近からずという所でささやき合っている。

「ねえ、私たちとは違っているわねえ」

「そうねえ、あれはきっと人魚様よ。天からお降りになると聞いたわ。海を治めるために天からお降りになったのよ」

「我々の海は海王様がお降りになって平安になったんだ。もうずっと平安な海だよ」

このような魚たちのささやきは四海に広がった。

それまで海の支配者は、体の大きいクジラのゴンスケだった。彼も美しい人魚様のうわさに心を引かれた。そして人魚様のお住まいになるサンゴの森を守る障壁（しょうへき）を造ろうという話し合いが持たれた。

静かな海鳴りが音楽のように流れた。海の生き物たちの集合の合図である。海の生き物とは大小の魚や亀たちである。形は違うが、皆、海に生きる住人だ。

「みんな、来てくれてありがとう。これから天からお降りになったとうわさされる人魚様のお住まいになるサンゴの森を守る障壁を造ることになった。協力を頼む。障壁は、今、人魚様の住んでおられる南の海のサンゴの森を中心に造ろうと思う」

クジラのゴンスケの一声に、海の住人たちは一斉に作業に取りかかった。海の底にある石を掘り起こして南の海に運び、積み上げる作業である。

海の住民はよく働く。だが少しも騒がない。静かで、それでいて早い。障壁はみるみる高く積み上げられた。広さは四方一円で小島くらいはあろうか。障壁に囲まれたサンゴの森は屋根を形作っている。

人魚は心地よげに美しい体をここに休め、障壁を積み終えた海の生き物たちはそれぞれの住み処へ帰っていった。サンゴの森を住み処にしていた熱帯魚たちは、ゴンスケの提案で、人魚の小間使いや召し使いとして、これまで通りサンゴの森で暮らすことになった。

可愛い召し使いたちの間で、人魚様はいつしか海王様と呼ばれ、姫王様とも呼ばれるようになった。にぎやかな熱帯魚の召し使いたちから見ても、人魚には姫王様と呼ぶにふさわしい神々しさがあったのであろう。

サンゴの森は海の中にある。海水を通り抜けてサンゴの森にとどいた地上の光は青くやわらかい。その光の中に人魚はいた。だが、青い光は障壁に反射して人魚の目を射た。

「あっ、まぶしい。目が痛いわ。どうしたのかしら?」

人魚は空を見た。強い日差しを投げかけていた空は急に曇って、春雷(しゅんらい)がゴロゴロと鳴り響いた。

「あれは何だろう」

人魚は怯え、恐ろしげに耳をふさいだ。

「私は恐ろしい所にいるのだわ」

人魚は雷の音に、

「うわっ！」

と、両手で顔を隠した。

やがて雨粒が落ちてきた。人魚は、海面に落ちる雨足がポンポンと小人のように踊るのを不思議そうに眺めていたが、通り雨だったらしく、しばらくして雨足は消えた。雨が止んだ後も人魚はしばらく海面に見とれていた。

すると突然、海面がゆらいだかと思うと、シュッと天高く跳ぶものがある。イルカだ。イルカは、シュッ、シュッ、シュッと順々に跳び、順々に波の中に姿を消していった。孤独な姫王の心を慰めるための、魚たちの心のこもったもてなしである。

次は、海の支配者だったクジラの得意の潮吹きだ。シューッ、シューッ、シューッと、次々に吹き上げる。

人魚は吹き上げる噴水の中にあざやかな色彩を見た。

「あれっ、あれは何かしら？　何て美しいんだろう」

七色の虹はたちまち人魚の心をとらえた。無心に眺め入る人魚の姿は、幼児の姿そのものである。

　天地の神々の創意によって海王になるべく誕生した人魚は、十七、八の乙女のように見えても、心はまだ幼かった。しかし、神々は産まれたばかりの赤子のような人魚を海中に置いたまま、後はもう見向きもしなかった。海王になる修養ということだろうか。人魚のあどけない姿は、魚たちの同情するところとなった。同時に魚たちは姫王への信頼を深めていった。

　人魚は不思議に思った。熱帯魚たちは、私を姫王様と呼んでいる。なぜ私が姫王様なのだろう。人魚はなぜ自分が姫王と呼ばれるのか、皆目見当がつかなかった。

　人魚は自分の体に目をやった。この頭に生えている黒く長い物は何だろう、頭を振れば方々に乱れてゆらゆら波に漂うものは。この白い腕に五本の指よ、お前たちは何をつかみ取るためにそこにあるのだ。そして何よりもこのすべらかな肌よ、忌まわしい胸よ、いったい何のためにあるのか。うろこ輝く胴体を人魚はながめた。せめてこのたくましい胴体にふさわしい大きな三角頭がついて、何でも噛(か)み砕く獰猛(どうもう)な口がついていればどんなにうれしかったか。しかし、私が今ここにいるということは自分に似た生き物がいるということだ。そうだ、みんなを探して一緒に暮らそう。人間なら陸の方、魚だったらこの広い海を探せばいいわ。

もうイルカの踊りもクジラの吹き上げる噴水もどうでもよくなった。私はわが身を呪う声から逃れたい。自分が何者なのか知りたい。私はどこから来たんだろう。

春の月がうるんで優しい光をたたえている。何て優しそうなお月様。人魚は月を見上げた。こんな夜は胸が切なくなる。私に似た生き物が恋しくなる。人魚は考えた。もっと月の美しい晩に障壁を抜け出そう。月がまん丸くなる晩に。まん丸いお月様がどんな所をもすみずみまで照らし出してくださると、人魚は思った。月の丸く輝く夜が人魚の計画を決行する日だ。人魚はその夜が早く来ますようにと祈った。


そして丸い月がこうこうと輝く美しい晩が訪れた。私はこれから出かけます。どうか神さま、私の希望がつつがなく叶いますように。

障壁の中の可憐な召し使いたちはもう眠っていた。楽しい夢を見ているのだろうか、時々、ピチピチと音がしていたが、今はもう静かになった。人魚は腕でゆっくりと水をかき分け、魚の尾で水を左右に蹴った。体はふわりと水に乗り、前方に運ばれた。生まれて初めての泳ぎであったが、海の生き物として生まれたせいか、両腕は自然に動き、巧みに波をかき分けた。そして、無事に障壁を抜け出して砂浜に泳ぎ着いた。

月はほのぼの輝いて、砂浜を白々と浮かび上がらせている。人魚は息をのみ、ほっとため息をついた。この砂浜の情景はすばらしい。神秘的だわ。人魚はうっとりと白く光る砂浜を眺めていた。

月光に包まれた心に確信が生まれた。この白く輝く砂浜の果てに、きっと私の仲間がいる。

だけどあそこまで行くにはどうすればいいのだろう。はっていけないかしら。人魚は、泳ぐように手で砂をかき分けてみた。しかし、どんなに力を入れても、体は海の中のようにはついていかなかった。歩いてみようかしら。でも私には足がない。歩くために絶対必要なものなのに、なぜ私には足がないんだろう。

（あなたは魚だからよ）

どこからか声が聞こえる。

そうだ、魚には足の代わりに尾ひれがあったわ。じゃあ、尾ひれで歩いてみよう。さあ、立て！　人魚は砂の上にぐっと手をついた。頑張れ、もっと力を入れて頑張れ！　しかし全身に力を入れて身体を立てようとしても、魚の胴体はぐらりと傾いて倒れる。人魚は同じ動作を何度も繰り返した。駄目だわ、立つことさえできない。人魚の目からぽろぽろ涙がこぼれた。流れる涙をぬぐって、人魚は自分を励ました。これくらいで挫(くじ)けちゃいけないわ。仲間を探しに行くのよ。道中どんな困難にぶつかるかも知れない。もっと勇気を出さなくては。

人魚は腹に力を入れて尾ひれを踏ん張った。一度、二度、三度。うまく立てたと思った瞬間、体はぐらりと揺れて白い砂に倒れ込んだ。立てたと思ってもやっぱり駄目。涙が出そうになるのを歯を食いしばってこらえ、身体を起こした。

そして、ついに立った。人魚はうれしさに辺りを見渡した。ほうら、立てたわ！　全身に勇気がみなぎる。さあ、歩け、歩け、歩くんだ！　尾ひれを交互に踏み出せ！　シュッ、シュッ、シュッ、シュッ。体全体で均衡(きんこう)を取る。何度もよろけ、転び、歯を食いしばって立ち上がる。

そして、ついに歩いた。

歩けたよ！　歩けたよ！　人魚はうれしさに後ろを振り返ってみた。歩いた距離を見るためだった。

だが振り返ったとたんがっかりした。歩けたと思ったのは悲しい思い違いだった。シュッ、シュッと跳ねるたびに、人魚は砂浜に穴を掘っていたのだった。
ああ、どうすればいいのだろう。でもあきらめちゃいけない。こんな時には勇気が必要だわ。ようし、もう一度頑張ってみよう。

人魚は尾ひれで激しく砂を蹴り、均衡をとって体を動かした。今度はだいぶ進んだようだわ。よし、これで行こう。

しかし体の均衡をずっと保つことはできなかった。時々よろめいて倒れそうになるのを、ぐっとこらえて立て直し、また尾ひれで砂を蹴る。どうしても泳ぎのようにはうまくいかないのに人魚は苛立ちながら、懸命に尾ひれに力を入れて蹴り続けた。

さあ、どれくらい歩けたかしら？　そんな思いで振り返って見ると、二つ目の穴ができていた。

ああ、やっぱり駄目だ。歩くには足が必要なんだわ。人魚はすっかり気落ちしてしまった。私の尾ひれは何のためにあるのだろう。泳ぐためだけなのかしら。人魚は、何だか自分が恐ろしい生き物のような気がして悲しくなった。一つの命に二つの生き物をくっつけた体。呪われた生命だわ。涙が頰(ほほ)をすうっと流れた。この頰を流れるものは何だろう。私が悲しい時に流れ出る生ぬるい水。悔しい時にも流れる。悲しい時や悔しい時の気持ちを、胸の中でぐらぐらかき混ぜて絞り出す水。人魚は砂浜に体を投げ出しておいおい泣いた。

その時、さくさくと砂を踏む音がした。村の老人だった。村の老人が酔いざましに静かになった海を見に来たのだ。老人は野良着らしい着物の上に、これもまた野良着らしい粗織りの芭蕉布(ばしょうふ)の着物を着ていた。家を出たときに無造作に羽織ってきたのだろう。夜は少し冷たい四月の終わり頃である。

老人は少し足早に砂浜に下りてきたが、ふと立ち止まった。渚に長々と黒い物が見えたからだ。魚かと思った。海が荒れていた頃の魚が今頃ここに流れ着いたのか。老人は渚に行ってその黒っぽい物をのぞきこむと、ウワッとのけ反った。

肌もあらわな若い女だ。老人はしばらくのけ反ったままだった。心臓が早鐘のように打っている。老人はぐっと腹を据えて、もう一度その若い女を見た。女はしくしく泣いている。老人がのぞきこむと、女は顔をおおっていた手をそっと下ろして老人を見た。

ああ、観音様のような美しいお顔だ。だがこのあらわなお姿はいったいどうしたことだろう。足のあたりにうろこが光った。ああ、話に聞く人魚様だ。しかし、このお姿、何とかせねば。

老人は静かに言った。

「私は村の者じゃ。あなた様は本当にお美しい。じゃが、そのお美しいお顔やお姿は、人間を狂わせてしまうやもしれぬ。村には悪い人はおらぬ。悪い人はおらぬが、状況によってはどんなふうにでも変わってしまうのが人間じゃ。どうかその美しいお姿をお隠しください。海にお住まいなら、すぐ水にお戻りください」

老人はそう言って、自分の着ていた芭蕉布の着物を人魚の肩にそっと掛けた。

もう海を見るどころではない。老人は今来た道を急ぎ足で戻っていった。わしは見てはならないものを見てしまったのか。あれは海神様の化身だろうか。老人はそのことを家族にも村人にも一言も話さなかった。空恐ろしい気がしたからだ。

人魚は、老人の掛けてくれた芭蕉布の着物を大事そうに抱えていたが、あれ？ と耳を傾けた。人の声がする。

「姫王様」

と呼んでいる。

陸に近い所は目まぐるしいわね。たった今人間を見たところなのに、今度は自分を呼ぶ声がする。あの老人は水に帰りなさいと言った。私に掛けてくれた物は何だろう。人間の匂いがする。優しい気持ちが伝わってくるわ。人間は優しい生き物なのね。私も人間になりたい。ああ、足さえあれば――。

「姫王様、姫王様」

また声がする。

誰が呼んでいるのかしら？　あれは魚の声じゃない。人魚は横たわったままあたりを見渡した。ガザミが四、五匹、泡を吹きながら自分を見ているだけだ。

「まさか、お前たちが呼んだのじゃないわよね」

ガザミたちは月に浮かれてマングローブの森の中から浜辺に散歩に来て、人魚が穴を掘っているのを心配そうに見ていたのだった。

「人魚様はなぜ穴を掘っているのでしょうねえ。穴掘りなら私たちに頼めばいいのに」

ガザミたちは口からぶくぶく泡を吹きながらしゃべっていた。

「姫王様、姫王様」

また声が聞こえる。

人魚は声のする方向を確かめた。

「あら、上の方だったの。お月様だったのね。こんばんは」

「姫王様、こんばんは。姫王様はとてもお元気そうね。よく頑張ったわ。でもね、姫王様、あなたは海の住民ですもの、歩けないわ。たとえ歩けたとしても、どこにも姫王様の仲間はいませんわ。あなたは海王として、波の花の中から生まれた子なの。きらきら輝いて飛び出したのよ。姫王様、姫王様は自分のお姿のことでずいぶん悩んでおられるようだけど、海王様だからそのようなお姿なんだわ。姫王様、私をご覧なさい。私は宇宙の月。月だから顔だけよ。それも丸くなったり細くなったり。お日様もまん丸いお顔だけなの。それに、私たちは宇宙に二つとあってはならないものなの。月が宇宙にいくつもあって空を飛んでいるのを想像してごらんなさい。地上に住む人間はびっくりして逃げてしまうわ。一つしか存在を許されない者が、数を増やしたり形を変えたりして自由奔放に空をかけ巡ったりしたら、宇宙は壊れてしまいます。それで海王様は宇宙に一人、天子様も地上にお一人なの」

姫王は月の話をじっと聞いていた。涙が頬を流れた。

私は海の平和を守るために、宇宙の神々の創意によって波の花の中から生まれた子なのか。宇宙の神様、ありがとうございます。

「私は自分が何者なのか分からなくて、ずいぶん悩みました。でもお月様のお話を聞いてよく分かりました。お月様、私はこれから海王としての務めをしっかり果たします」

「こんな大事なことを誰も教えなかったのが悪かったのよ。でも分かってくれてよかったわ。さあ、もう今夜はゆっくりおやすみなさい」

忘れられていたガザミたちは、まだそこにいた。月の話を聞いていたのか、

「良かったねえ」

「うん、良かった。安心したよ」

と話しながらマングローブの森の我が家へ帰っていった。

月の話を聞いた姫王はぶるっと身震いをした。勇み立つ思いであった。そしてこれまでの苦しみをかえりみて、可笑しくなって笑った。

「ほっ、ほっ、ほっ、ほっ、ああ愉快だ。ほっ、ほっ、ほっ、ほっ」

姫王は生まれて初めて声を出して笑った。お腹の底から自然に込み上げてくる笑いだった。

姫王は、悲しみにひしがれて泣いていた時、自分のことを心配してくれた老人のことを思い出した。あの老人は、私の体のことを哀れに思って着物を掛けてくれたのだろうか。私は海の生き物だから裸でよかったけれども、人間の目には哀れに映っただろうか。おじ

いさん、ありがとう。おじいさんの着物は大切にします。おじいさんの優しさを、私は海王としての政治信条にします。姫王は芭蕉布の着物を体に巻きつけて、意気揚々（ようよう）とサンゴの森の我が家に帰った。

その後の姫王の働きは目覚ましかった。成長した姫王は、生き生きと力強く海王の務めに着手した。最初の仕事はやぐらを造ることだった。やぐらの図面は自らの手で砂上に引いた。紙は要らない。秘書官という煩（わずら）わしい関係の者も置かなかった。やぐら建設の棟（とう）梁（りょう）に図面を教えれば事は足りるのである。

さて、棟梁は誰にするかという問題が出てきた。姫王はあれこれ考えた末に、イルカのロングさんに決めた。

姫王の言葉は、王の言葉らしくなった。海の王という自分の立場を自覚するようになったからだ。

「皆さん、私達は海の平和を守るために、世界の海が見渡せる高いやぐらが必要です。そこで私はやぐらを建設することに決めました。皆さんの協力をお願いします。華美にする必要はありません。頑丈なやぐらが必要です。皆さん、頑丈なやぐらを建設するにはどのような材料が必要か、考えてください」

「姫王様、ご案じなさいますな。我々が皆で材料を集めます。海の底には様々な石がたくさんあります。その石の中から頑丈な石を選んで運んできます」

「ありがとう。ではお願いします。良い材料を集めてくださいね」

魚たちは海に潜って、材料集めに精を出した。大きい魚たちは大きい堅固な石を運んできた。小さい魚たちはそれぞれ自分の体の大きさに合った石を運んできた。大小の石がたちまち山のように積み上げられた。

姫王はにっこりして言った。

「皆さん、ご苦労様でした。さあ、これで材料は大丈夫ですね。では、この図面通りに始めてください」

姫王は、やぐら建設棟梁のイルカのロングさんに、砂上に引いた図面の説明をした。

「皆さん、それぞれ適当な位置についてください。でも、こんなに大勢の皆さんが一度にわっと来たら、かえって仕事がはかどらないかもしれないわねえ。クジラのゴロさん、どうぞ適当に組分けして、仕事がはかどるようにしてくれませんか?」

現場監督はクジラのゴロさんがやることになって、みんなせっせと秩序立って働いた。

体の大きい亀さんは、背中に大きな石を乗せて上まではい上がってきた。クジラやイルカは、亀の運んできた石を受け取って積み上げ作業をした。小魚たちの働きも目覚ましかった。小さな石をひれに抱えて、海底とサンゴの森を何度も往復した。石を積み上げるには、大きい石に小さい石を抱き合わせるので少しも無駄はなかった。遊んでいる魚などいない。だんだん石は積まれ、みごとに整えられていく。

「ああ、すばらしい」

姫王はつぶやいた。

やぐらが完成に近づいた頃、イルカのロングさんは最上階に造る姫王の監視所について思案をめぐらせていた。四畳ばかりの部屋にはなる。それをただ石で囲むだけでいいのか。石を積み上げただけの部屋は、王の部屋にしてはあまりにも質素ではないか。

ロングさんはゴロさんに相談した。

「なあ、ゴロさんや、姫王様の監視なさる最上階の部屋なんだけどなあ。石を積み上げただけじゃあ、あまりにも質素だと思わないか？」

「そうだなあ、少しくらいは装飾を施したほうがいいのではないかなあ。そうすれば姫王様は安らぎを感じられるだろう。とにかく装飾用の材料を探してみるよ」

それから三日後だった。亀のスンゴとミクロが、色とりどりにきらめくサンゴを背中に乗せて、最上階まで泳いできた。

「うわあ、美しいサンゴが見つかったなあ。亀さんたちよ、ありがとう！」

ロングさんは大喜びだ。

「いくら堅固にといっても、姫王様の部屋だけは王の部屋らしくせんとなあ」

ロングさんは作業の手伝いに来ているカジキのミルさんに話している。

「うん、そうだなあ。これだけの美しいサンゴがあるのだから装飾も工夫しなくちゃいかんなあ、ロングさん」

「この青サンゴは、部屋の入り口の両側に飾ったらどうだろう」

と、ロングさんが提案した。

「うん、美しかろうなあ。でも姫王さまの希望も入れないとなあ」

と、ミルさんが言う。

「そうだな。じゃあ姫王様を呼んできいてみようか。姫王さまぁ、姫王さまぁ」

姫王は、やぐらの周りで熱帯魚の召し使いたちと戯(たわむ)れているところであった。

「はぁい。ロングさんが呼んでいたのね」

「はい、今部屋の装飾をどの色のサンゴにしようかとミルさんと話していたんですが、姫王様のご希望を第一に入れたいと思いまして」

「まあ、ありがとう。でもそれはロングさんやミルさんたちに任せるわ」

「承知しました。それじゃ、ミルさん、始めよう。クジラのゴロさんは外周をお願いします。外周はどこからでも目につくように赤いサンゴを使ってください。ミルさん、部屋の両側は薄いピンク色を使って下さい。マグロのトミーさんはミルさんを手伝ってください。部屋の入り口は青いサンゴを使いましょう。入口は海の色が良いと思います」

手伝いの魚たちはロングさんの指示通りに働いた。たくさんの魚たちが手伝いたくてうずうずして上を眺めているが、みんなで手伝ってもかえって仕事の邪魔になるだけである。サンゴを運んできた亀たちも、短い首をもどかしそうに上に向けて眺めている。みんなが見守る中、作業はどんどん進んでいく。魚たちはやぐらが完成するまで仕事を止めなかった。

そしてその日の夜半、ロングさんが大声で叫んだ。

「出来たぞう、やぐらが出来たぞう！」

ゴロさんの声が聞こえる。カジキのミルさんの声も聞こえる。まぐろのトミーさんの声も聞こえる。みんな一緒の、

「ワーッ！」

という歓声が聞こえる。

波に浮かんでいた魚たちは、最上階の姫王の部屋を見上げた。その時ちょうど中天にいた十五夜の月が、やぐらを絵のように浮かび上がらせた。赤いサンゴで飾られた外壁が光り、波の上でゆらめいた。赤や青や白やピンクのサンゴの色が折り重なって戯れている。

この光景は何を意味するのだろうか。姫王も魚たちも息を呑み、みんな静かに見とれている。

突然、ロングさんが叫んだ。

「おお、お月様の賛美の贈り物だ」

「お月様、ありがとうございます。我らが姫王のやぐらはいま完成したばかりです。いつの世までも残るように、強いやぐらに仕上げました」

ゴロさんも、ロングさんに負けない大声で叫んだ。

「お月さまぁ、ありがとうございます。我らの海をいつまでもお守りください」

姫王は階上に上ってすっくと立ち、四恩の旗をひるがえし、声を震わせて、

「ありがとうございます」

と、月を拝んでいる。

大小の海の住人たちも、全てのものに感謝を捧げている。

「皆さん、よく頑張ったわね。これからもみんな仲良く元気で暮らしてね」

月はそう言ったように思えた。そして綿雲の中にかくれた。

「皆さん、ありがとう」

姫王は、波間に浮かび群れている魚たちに礼を言った。

「皆さんの協力のおかげで、やぐらは海に堂々とそびえています。たいへんうれしく思います。やぐらの上から見れば海の様子が全部わかります。皆さん、これからも仲良く平和に暮らしましょう。やぐらは私たち海の住民全員のものよ」

「姫王様、ばんざあい」

「姫王様、ばんざあい」

「姫王様、ばんざあい」

魚たちは歓喜に沸き、姫王を称(たた)える声はなかなか止まなかった。

そこで姫王は提案した。

「ねえ、皆さん、もう夜半でちょっと遅いですが、やぐらの完成祝いをするというのはどうでしょうか」

「ワーッ！」

と歓声が上がった。すぐに祝いの酒樽(さかだる)が運び込まれ、

「さあ、皆さん、ご自由に」

という姫王の言葉で、すぐに無礼講(ぶれいこう)となった。海の支配者だったゴロさんが酒だるの前にどんと座った。

「なあ、みんな、我らのやぐら棟梁はイルカのロングさんだった。ロングさんが先に祝い酒を飲むべきだ。さあ、ロングさん、祝いの乾杯をしよう」

杯はもう準備されていた。小魚たちが海の底から拾ってきた大小の貝殻だ。ロングさんには大きなシャコ貝があてられた。クジラのゴロさんにはもっと大きい法螺(ほら)貝だ。魚たちは好き好きに杯を選んで酒を酌み、ロングさんの音頭で海の住人たちは乾杯の声を海に轟(とどろ)かせた。

「姫王様もどうぞ」

と、ゴロさんが勧めている。

「はい、頂きます。でもたくさんは飲めないわ。やぐらから海を守るのですから」

「なあ、亀さんたちはどこにいる？　スンゴとトコシ、ミクロ、サミレス、ハレノミ。仲間の亀さんも見えないぞ」

「はい、亀さんたちはずっと南の酒樽の方ですよ」

ずっとずっと南や北や東や西の海でも、完成祝いの酒がふるまわれている。亀たちは体が大きいので、酔ってよたよたぶつかり合っている。亀たちだけじゃなく、よく見ると海は魚たちで静かに波打っている。足をそろえて気持ちよさそうに波にゆられていたタコのシラスが足をすうっと伸ばしてきた。そのしぐさに、ブダイのマスキが頭をふって何かブーブー言った。するとシラスは足を口に持って行き、何かをゴクッと飲む音が聞こえた。ここは、タコの集団らしい。よたり、よたり、仲間同士の足を重ねたり離したりしている。その隣が、ブダイの集団だとみえる。みんなぐったり波にゆられている。

もう夜も更けて、東の空に薄い雨雲がかかったと思うと、糸のようなやわらかい霧雨が海面を曇らせた。

「うわっ、雨だ！　雨だ！」

酔いしれていた魚たちは、雨に酔いがさめたらしく我に返り、やぐらの完成祝いは御開きになった。魚たちは顔を洗ったようなすっきりした気分になって、それぞれの住み処へ帰っていった。

雨は翌日もなお降り続いて、海も陸もしっとりした。姫王はやぐらに登って海を見渡した。海面はぼおっと煙っている。時々、ピチピチと小魚が波間に跳ねるのが見えるだけだった。

夜も更けてから、雨はだんだん小降りになり、静かに止んだ。

翌朝は真っ青に晴れ渡った。海面は宝石を散りばめたようにきらきら輝いている。姫王はもうやぐらの上に立ち、目を細めて海面を見ていた。村の老人からもらった芭蕉布の着物は、海王の旗になってやぐらにはためいている。

平和な海にひるがえる旗。このなごやかな風景は船人たちに平安をもたらした。姫王は航海の無事を祈り、やぐらの上から見守っている。近海を航行する船は多くなり、遠い国の船も南の海を航行するようになった。

やぐらができた翌年の夏だった。姫王はやぐらの上から四方の海を監視していた。強い日差しにまばたきした姫王は、はっとして海面を見つめた。黒い点がまばらに見えるのだ。

「あれ、クジラさんかな?」

と、目をこらしたが、そうではなかった。近づいてくる黒い点は漕ぎ寄せてくる五隻の船だった。船はやぐらの下まで来た。船人が何か大声で叫んでいる。姫王は船人たちに、

「もしもし!」

と大声で答えた。

「おお、姫王様、お尋ねしたいことがあって参りました。我々一行は琉球国へ旅する者ですが、航路を間違えたようです。どの方角に行けばよいでしょうか?」

「ああ、琉球国ですね。琉球国はやぐらからもう見えていますよ。少しだけ来過ぎたようですね。皆さん、お疲れのようですから陸に上がって休んではいかがですか?すぐ近くに島があります。このやぐらに上がって休まれてもいいですよ」

「ありがとうございます。先を急ぎますので」

と、船人たちは手を合わせて拝み、教えられた通りに琉球の方角に船を漕いでいった。

海を守る姫王は、航海の神として船人たちに崇められていた。しかし姫王は半分は人間である。人間としての感情は豊かで、毎日変わらぬ風景に安んじているわけではなかった。時には大きな声で歌を歌ってみたいと思う時もあった。

毎日平和な海を見ていても何だかつまらない。歌が歌えればどんなにすばらしいだろう、どんなに楽しいだろう。何だか心がはずんできたわ。大きな声が出せそうだわ。私は半分は人間ですもの、声だって出るはずよ。魚たちと話す声じゃなくて人間の声が。でも何を歌えばいいんでしょう。ああ、お月様が教えてくださった。あなたは波の花の中からきらきら輝いて飛び出したって。だから波の子だって、そう歌えばいいわ。

私は海の子　波の子よ
生まれた時は　十七、八の乙女だったとさ
波の花よ　私の母よ
私は毎日　やぐらの上よ
ふりあおげば　お月様の
光輝く　美しさよ

今夜は十三、四夜かしら

「ああ、歌えた！　声が出たわ！　うれしい。歌が歌えたわ」

姫王にまた新しい希望と幸福が重なった。もう夜明けかしら。姫王は一日の務めを終えて気持ち良く眠りについた。


海は今日もおだやかだ。数年前、荒れ狂っていた頃に自然に出来た砂丘が、月に照らされて神秘的な光を放ち、海辺の村の人々はこの美しさに魅了された。あの恐ろしい波しぶきはもうない。波しぶきによる農作物の不作で飢饉に苦しんだ村人たちは、おだやかになった海を見てもまだ信じ難いといった面持ちであった。

海辺の村にどこからともなくうわさが流れてきたのは、海がおだやかになった後のことだった。月の美しい晩に沖の方から歌声が聞こえるというのだ。また、潮がすっかり引いて沖の岩礁（がんしょう）がこつ然と姿を現す時、塔が見えるとか。塔には何かひらひらはためいているのが見えるとか。うわさは人から人へと伝わっていった。

このうわさに頭を悩ませている老人がいた。心当たりは十分にある。今までその事実を明かさなかったのは、あまりにも衝撃的な出来事であり、また信じ難いこともあって他言が恐ろしかったからである。しかしうわさがあるということは、もうみんな知っているということだ。そこで自分が見たことを話そうと思った。

「なあ、みんな、聞いてくれ。わしはみんなに話そうと思ってはいたんだが、あまりの恐ろしさにこれまで話せなかった。家族にもまだ話しておらん」

老人は話し始めた。

「あれは海がおだやかになってまもなくのことじゃった。わしは酔いざましに浜辺に行った。浜辺に下りると心地よい風が吹いて、酔いもさめるようじゃった。わしはいい心地になって渚を歩いていたんじゃが、その時、渚に黒いものが長々と横たわっているのが見えた。あの海が荒れている時、魚が渚に打ち上げられたんだなあと思って近寄ってのぞいてみたとたん、わしはウワッとのけ反ってしまった。魚と思ったのは上半身が裸の若い女なんじゃ。しばらく胸の動悸が収まるのを待って起き上がってみると、皆さん、それがまあ何とも美しいお顔なんじゃ。観音様とはこんなお顔だろうかと思ったよ。それにまた、そのお姿の何ともいえぬ美しさ。わしは自分の着ていた芭蕉布の着物をお体に掛けてあげたよ。そして海にお住まいならすぐ海に帰ってくださいと言って戻ったのじゃ。あのことは恐ろしくて誰にも話せなかったが、こうして海がおだやかになったのは、あの人魚様が我らの海にお降りになったからだと思うよ。なあ、皆さん、そうは思わぬか」

「いや、初めて聞いたなあ、その話。それは海神さまの化身だろうなあ。我らの海を守ってくださるために天からお降りになったんだよ」

と、ヤマじいさんやケザじいさんをはじめ、村の老人たちや若い人たちもうなずき合う。村人たちは人魚を目撃した老人の不思議な話に打たれ平和を祈った。


七月になって稲の収穫が始まった。かつてない稲の出来栄えに、人々は喜び勇み立ち働いて収穫は終わった。そして米俵が家々に積まれた。夢のような豊作の光景であった。

豊かな実りへの感謝を神々に捧げる祭りの話し合いが、長老たちの間で持たれた。そして長老の中でも、人魚、今では海王様を目撃した老人が中心になって祭りを司ることになった。

老人は村人たちに話した。

「なあ、皆さん、我々村の者は、我らをお守りくださった神々へお礼をしなければなるまいのう。今年初めて、これほどみごとに実った稲の収穫の感謝を神々に捧げる豊年祭をしようと、長老たちが話し合いを持ったのじゃ。善は急げじゃ、祭りの準備を始めよう。我々の村は豊年祭をしたことがない。だから祭に決まりがあるかどうかも分からん。そこで我らの村のやり方でいこうと思う。まず、神々をお迎えする明かりじゃ。男たちは薪を集めて浜辺にどんと燃やせ。神々がお降りになる明かりじゃ。女たちは神々にお供えする品々の準備をしてくれ。まず酒じゃ。それから大量の米を洗い清めよ。それに塩花もな。酒の肴は収穫した野菜の料理でよかろう。明日は良き日で十五夜だ。海王様もきっとお喜びなさる」

村は祭りの準備で忙しくなった。極度の興奮で村中が活気にあふれ、準備は着々と進められていった。

そしていよいよ今日は祭りだ。男たちの準備した薪は、浜辺で燃え上がって美しい炎を上げた。渚の波に炎が映ってゆらゆらゆれている。洗い清められた米と塩花が供えられ、女たちの心を込めた野菜料理が供えられた。

準備した全ての供物を供えると神々が身近に感じられ、人々は感謝の祈りを捧げた。そして永久の平和と豊作を祈願した。

人々の祈りは神に通じたのであろうか、肩がふわっと軽くなったような気がした。

「神々は昇天されたようだ」

と、ケザじいさんがつぶやいた。

神々にお供えしてあった全ての供物は下げられて、今度は村人たちの祭になった。男たちは杯を回し、女たちも祝いの杯を受けた。野菜料理の質素な供え物も、村人たちにはありがたくたいへんなご馳走であった。祝い酒を飲んで人々は踊りだし幸せに酔った。

こうして祭りが終わり、後片付けの人たちはそれぞれ幸せを我が家に持ち帰った。楽しい祭りだった。

姫王はやぐらの上から祭りの光景を眺めていた。村人たちの幸せそうな姿を眺めて、姫王も幸せを感じていた。ただ残念なのは、自分が神々の創意によって作られ、波の花の中から生まれた実在する人魚であるため、空気のように見えない神々の席にはつけないことだった。村人たちは海の平和を一心に祈っている。自分の歌声も聞いていて、私を歌う海の神様として崇めている。私はしっかり海の平和を守らねばならぬと、また思うのであった。

すると突然、たき火の残り火が火花を散らして消えた。火の粉は空中をさまよい、海へ落ちて消えた。ああ、美しい火花だ。姫王は祭りの席に出られなかった自分に、村人が祭りの最後に咲き誇る花火を見せてくれたと信じた。

「村の皆さん、ありがとう。皆さんの信頼はよく分かっています。私は海の平和を守ります。皆さんが永遠に幸福になるように皆さんを守ります。皆さんも末永く安全な生活ができるように頑張ってくださいね。そして空と海と地上が一体となって世の平和を守りましょう」

姫王はやぐらから見た祭りの様子を思い起こしながら眠りにつこうとしたが眠れなかった。自分の不思議な誕生が今夜は心を騒がせている。涙があふれてきた。その時、涙でかすむ目に映ったのは大神様だった。

「姫王、海の王の務め、よくやってくれた。海がおだやかになって、村の作物は大豊作で、村人たちは幸せになれると喜んでいる。しかし、姫王は世界の海の王だ。世界の海を見渡すのは今のやぐらではもはや足りぬであろう。姫王は世界の海が見渡せる高い天上に昇天してもらいたい」

姫王は恐れおののきながらも覚悟を決めて言った。

「はい、大神様。私は、世界の海がおだやかになって船人たちが安心して航海できるように、お役に立ちたいと存じます」

「そうか、承知してくれるか。礼を言うぞ。それでは姫王、天に昇って世界の海を照らしてくれ。航海の安全を守る星になるのだ」

この話は海の生き物たちにも伝えられた。海は騒然となった。姫王様がいなくなる。海の生き物たちは悲しんだ。

そしていよいよ姫王が昇天する日になった。姫王はやぐらに上った。体には芭蕉布の着物を巻きつけていた。

「皆さん、今日は皆さんとお別れしなければなりません」

海がざわついた。海の生き物たちの嘆きの声は四海をおおい震わせた。

「皆さん、私は別れても天上から皆さんを守っています。今度は世界の海の王として、世界の海を照らすお星様になるんですよ。私を思い出したら空を見上げてください。きらっ、きらっ、と光って皆さんに合図します。では皆さん、御機嫌よう」

姫王の姿はオレンジ色の光をひきながら、すうっと天に昇っていった。

「姫王さまぁ、姫王さまぁ——」

魚たちは声を限りに叫んだ。

その瞬間、不思議や、くすんでいた芭蕉布の着物が黄金色に輝き、姫王は航海の星の座に輝く北極星になった。万世（ばんせい）位置の変わらぬ北極星は、航海する船を導き守る星となったのである。

（二〇〇五年―二〇〇九年）

ハヤテ

「あーっ、竜だ！　竜が飛んでいる！　竜が飛んでいるぞぅー！」

源じいが叫んだ。

「えっ、竜だと？　どこだ、どこだ？」

「上を見ろ、すぐそこだ！」

源じいの指さす方を見て人々は叫んだ。

「おお、本当だ。竜だ、竜王さまだ！」

「今さき、勇のぼろ小屋から飛んでいったんだ」

源じいは興奮がおさまらないらしく語尾がかすれている。

ハヤテは二度、三度、大地を蹴って、ついに飛んだ。僕はハヤテが飛んでいくのをじっと見送った。

「気をつけてなぁ、ハヤテー。さようならぁ、さようならぁ」

僕が叫ぶと、ハヤテは二度三度、尻尾を振って、上空目指して翔け昇った。

「ハヤテ、今日のお前の初舞台はめざましいぞ。上出来だ」

心の中で叫びながら僕は涙が止まらなかった。

行ってしまった。天界へ行ってしまった――。

卵から産まれた日、しょぼしょぼした目で僕を見て、

「ボクハ、リュウデス」

と言ったハヤテは、もう空を翔けるほどに成長していた。

「気をつけてなあ、ハヤテ。さようなら、さようなら」

僕は心の中でつぶやいた。

二〇〇五年三月三日

今朝方までからからに乾ききっていた空気が急に湿っぽくなって、東の方から雨雲がもくもくのし上がってきた。

「雨が降るのかなあ」

僕は今にも崩れそうな空模様をじっと見ていた。遠くで雷が鳴った。妙にこもったような雷の音だ。ゴロ、ゴロ、ゴロ、ゴロ。音はだんだん大きくなって南東の方から近づいてくるような気がした。父と母は雨が遠いとこぼしていたから降ればいいなあ、と僕は雲行きをうかがっていた。すると突然、

「勇、ごはんだよ」

と母の声がした。

「今行くよ」

と言って、僕は両親のいる居間に行った。

「お父さん、降りそうだよ」

僕は所在無さそうに座っている父に言った。

「そうか、ここしばらく降らなかったからなあ。しっとり湿るまでうんと降ればいいが。畑が生き返るよ」

「降るよ、お父さん。雷も鳴っているし、空も雨雲がいっぱいだよ」

「そうか」

父は戸口に行って空を眺めていたが、

「母さん、雨は降るよ。間違いなく降るよ」

と母に言っている。

「良かったね。雨になったら、お父さん、今日は畑の仕事を休みましょうよ」

「ああ、そうしよう。今日はおおいに骨休みといこうか」

「良かった。それじゃ、今日は休みだね。せっかくの休みよ、お父さんも勇も早くご飯にして」

母は休みがよっぽどうれしかったのか、はしゃいでいるようにみえた。それじゃ今日は僕も休みなんだなあと、僕は心中うれしくなった。日曜日の今日は畑仕事を手伝うことになっていたからだ。

父は母にうながされて空を眺めるのをやめ、食卓に向かった。

「勇、今さき雷が鳴っていたよね。あれはどの方角だったかねえ」

「音は聞いたけど方角までは確かめなかったなあ。でも南東のような気がするけど」

「やっぱりそうか。父さんも南東のような気がしたが、お母さんが違うと言うんだ。では間違いなく南東だ。午（うま）の方角だよ。年初めに午の方角で雷が鳴ると、その年は豊作になるそうだ。昔からの言い伝えなんだよ」

「でもねえ、お父さん、今日の雷は今年初めてだったかなあ」

と、母がまぜ返すと同時に雷が鳴った。今度は前よりも音が大きかった。

三人は方角を確かめようと耳を澄ませた。

「やっぱり午の方角だよ。今年は豊作間違いなしだ」

父はおしゃべりしながらも、もう食事は終えている。早い。食事を済ませた父は、庭に出て空を仰いだ。自然の変化に苦も楽も左右される農家の暮らしを、父はよく知っている。祈りを込めて空を仰いでいるに違いないと僕は思った。

和やかな雰囲気のなかで僕も食事を終え、父のいる庭に出た。すると霧雨がしっとりと顔をぬらした。

「お父さん、降ってきたね」

「ああ、まるで霧のようだな」

「まったく音がないので顔がぬれるまで気がつかなかったよ。音のない雨ってロマンチックだな。心の中までしみ込んでくるようだ」

日曜日に降る雨は久しぶりだ。友達のところへ遊びに行こうかな、と思った瞬間、僕は宿題があったのを思い出した。霧雨の情緒にひたりながら宿題をするのも悪くないなあ。心が落ち着いてよく宿題ができそうだ。僕は二階にある自分の部屋に行き、宿題に取りかかった。すると、

「勇、勉強かい？」

と母の声が聞えた。

「うん、今宿題を始めたところだけど。何か用かい？」

「いや、別に。何でもないけど、あんまり静かだから気になって」

「何だよ、お母さん。僕はもう中学二年生だぜ。いちいち気にするなよ。うっとうしいなあ」

と、僕はつい反抗的に言ってしまった。毎日畑で働いている母は、たまに家にいて静かになると一人っ子の僕のことが気になるらしい。

ポタポタ、雨だれの音が聞えてきた。雨は本降りになってきたようだ。宿題が終わったので、僕は東側に面した窓ガラスに顔をくっつけて外を見た。ザァーッと音がして雨足が光って踊っている。面白いなあ、と僕は思った。まるで雨が音楽のリズムに乗って踊っているようだ。僕は刻々変化する自然が面白くて庭から目が離せなくなった。今度は何が起こるのかなと思っていると、急に風がゴーッと鳴ってびっくりした。庭のガジュマルの枝が、さっと雨のしずくを飛ばしてそよいだ。このガジュマルは先祖の代から庭にあるという木で、根も大きく張った大木なのに全身を揺すっている。にわかに突風が起こったようだ。木の陰にはいつも小鳥たちが、チィ、チィ、チィ、チィと無心にさざめいているが、今日は朝からしんと静まり返っている。小鳥たちは、これから起こる天気の変化を予知し、身を守って沈黙しているのだろうか。僕は彼ら小動物たちの胸の鼓動(こどう)を思いやった。またゴーッと風が鳴った。風に乗った横なぐりの雨が激しくなった。ガラス窓に顔をくっつけていた僕は、顔に水しぶきがかかるような気がして思わず頭を振った。雨はさかんにガラス窓を打って流れ落ちている。すごいどしゃ降りだ。

「勇、宿題はまだ終わらないのかい?」

母はまだ気になるらしく、また聞いた。

「いや、もうとっくに終わっているよ。今、雨を見ているんだ」

「大雨になったねえ」

「うん、よく降っているねえ」

「大丈夫かねえ」

「何が？」

「雨よ」

「さあ、分らないけど、たぶん大丈夫じゃないかなあ。でもお母さん、庭に水がたまり始めたよ」

「まあ、本当？」

　と言って、母は戸口に行って外を見ていたが、

「勇、この降りようじゃ、床下浸水になりかねないねえ。そうなると大変なこっちゃ。こんな時にお父さんはぐうすか寝ているよ、ほんとにもう」

　と腹立たしそうに言った。

「お母さん、こんな時って何も特別じゃないさ。空がある限り雨は降るし、雷も鳴るし、風だって吹くさ。お父さんが起きていたって、この天気がすぐに変わるもんでもないよ。

せっかくの休みだし、お母さんも寝ていたらいいよ。もし床下浸水になりそうになったら僕が起こすから」

僕が小学校の時、大雨が床上まで浸水して大騒ぎした事がある。被害は覚えていないが、母はその時の事が頭にこびりついて離れないのだろう。

心配してもどうにもならないと思ったのか、母は黙ってしまった。雨を願って骨休みを喜んでいたのは、つい二、三時間前ではないか。人間って願ってみたり願いがかなえば今度は迷惑がったり、勝手だなあと思いながら、僕は狂騒する宇宙を空想して胸を高鳴らせていた。

僕はふと両親のいる居間に行ってみたくなった。父はまだ起きそうにない。とても安らかな寝顔だ。母の苛立ちは、父の寝顔を見ての苛立ちだったんだろうか。こんな時に、と言っていた母も、ちゃぶ台にうつ伏せて眠っている。父の超越した善良さと少しせっかちな母の性格が調和して、我が家の平和は成り立っているような気がする。ちょっと考えすぎたかなあ、こんな天気は人をセンチにするのかなあ、と思いながら窓際に座ろうとした時、空を切り裂くような稲妻が目を射るようにチカッと走った。目がきゅっと痛む。と、今度はゴーッ、ゴロゴロゴロゴロ、と雷が鳴り響き、家を振動させた。

「うっ、落雷だ！」

　と、僕が観念した時、雷にともなう雨が何かに迫るような激しさで降ってきた。庭では落ち葉や我が家の生活ごみなどを浮かべながら水が流れている。風は絶え間なく吹き荒れ、庭のさざ波がきらきら光る。水は流れているがどの方向に流れているのかさっぱりわからない。

　ごみがゆらめいた、と目を止めた時、ドーンと何かが落ちた。水しぶきが噴水のように四方にはね上がり、ガラス窓を震わせる激しい衝撃に、僕は頭を抱え込んだ。

　爆発物が庭に落ちたんだ。しかし両親のいる居間からは何の反応もない。まだ寝ているのだろうか。お父さん、お母さん、僕たち家族は今、家もろとも吹き飛ばされるぞ。

　僕は観念し目を閉じて待った。十秒、二十秒、三十秒……時は胸の動悸の狭間(はざま)を通り過ぎたように感じた。異変は起こらない。

　恐る恐る顔を上げて庭を見た瞬間、僕は肝をつぶしてしまった。一抱えはありそうな乳白色の丸い物体が庭の泥水に浮いているではないか。ごみがその物体に寄りそうようにして輪を作っている。

　父と母はまだ眠っているようだ。なぜ父も母も大地を揺さぶるほどの轟音(ごうおん)に目が覚めないのだろう。もし本当にこの轟音に気がつかないとしたら、と、僕は白い物体を見つめながらぞっと身ぶるいした。僕だけが知る宇宙の異変。そんなことがあり得るだろうか。僕は決死の覚悟で得体の知れない物体に近づいた。

しかし近づいてみても、それは何の変哲もない卵の形をした物体だった。僕は動物の卵を想像してみた。一番身近なのはにわとりの卵だ。にわとりの卵を大きくした感じだ。僕は恐る恐る触ってみた。少しざらざらとした感触だが危険物だとは思われない。僕はこれまでの恐怖や緊張がやわらいでいくような気がした。

心が落ち着くと途方もないことを考えた。もし空から落ちてきた卵なら、雷の卵かな。いや、雷の卵なんて聞いたことない。雷の子は童話の本で読んだことはあるけど。それでは風の卵か。それも聞いたことないなあ。風の子とはよく言うけど、それは強い子って意味だよな。稲妻の卵。まさかね。稲妻は破壊的なものだし。雨の卵ではどうかなあ。これも何となく、雨のしずくが卵になってころころ庭にころがりそうで奇妙な感じがする。

僕はこの目の前の不思議な出来事の説明に苦しんだ。あれこれ考えても説明できないので、適当に答を出した。これはもしかしたら、天体の卵かもしれないと。この卵を産むために、雷や稲妻や雨までが、死ぬほどの苦しみを経験したのだ。これは僕に贈られた宇宙からのプレゼントだ。もつれた糸のようだった僕の気持ちは希望で明るくなった。

よし、この天体の卵を育てよう。目撃者は僕一人だ。僕の決心は揺るぎないものになった。だけど、この卵を育てる秘密の場所が僕の家にあるかなあ。僕は考えた。どこかにありそうな気がする——。あっ、ある！　あったよ。ほとんど使ってない古い掘っ立て小屋が家から少し離れた畑にある。あの小屋なら誰も気がつくまい。両親もあの畑にはしばらく行かないだろう。この卵を早くあの小屋まで運ぼう。

卵が落ちてから、不思議と雨は霧雨になり水たまりもいつの間にか引いていた。僕は卵を抱えた。かなり重いので小屋に着くまでに二度ほど休んだ。小屋は長らく使っていなかったせいか、かび臭かった。宇宙からの贈り物をぞんざいに扱っては申し訳ないと思い、自然と気が引き締まった。いろいろ散らかっているものを片付けて掃除をし、それから家にもどって自分の布団をこっそり運び出した。

両親は起きたらしい。お茶を飲んでいるのだろうか、話し声が聞える。しかし僕の行動には全く気がついていない。

僕は運んできた布団を敷いて、その上に卵を寝かし、上からも布団をかけてくるんだ。僕が布団でくるんだのは、鳥類が卵を温めひなをかえらせる原理に基づくものだった。これで準備完了だ。

ようし、大事に育てるぞ。僕は卵に愛着が深まった。秘密を持つことに僕は後ろめたさなど感じなかった。むしろ、きらきら輝く希望が僕を興奮させていた。

家に入ると、父が、

「雨は止んだか、勇?」

ときいた。

「ああ、降ったり、止んだり、小雨になったりだよ」

と、僕は答えた。

「大事に至らなくてよかったねえ」

と、母は言った。

こののんきな両親は、本当に何も気づいていないのだろうか。僕は疑いの目で両親を見たが、二人ともふだんと全く変わらない。いよいよ不思議だと僕は思った。

その後、雨は霧雨になったが、二、三日降り止まず、両親はゆっくり休むことができたと喜んでいる。

僕は、毎日小屋に行って卵を見るのが楽しみになった。今見てきたのに、また見たくなる、そんな日が二か月あまりも続いている。ちょっと子どもが産まれてくるのが遅いなあ。天体の子どもってどんな顔をしているんだろう。少し怖いようだけど楽しみだ。今日産まれるかもしれないと胸をときめかせ、産まれなかったら明日へと希望をつなぎ、日数が重なるのを気にしながら僕は待った。

そして五月二六日。卵が落ちた日から八五日目の放課後。その日も僕は同じ思いで小屋へ急いだ。もう、あかね色の夕日が小屋に射し込んでいた。小屋に入ったとたん、僕ははっと立ちすくんだ。卵が割れている。そして口の大きく裂けた、細長い動物が横たわっている。僕はたじろいだ。体の表面はぬめっているらしく、てらてら光って見えた。

「やったあ！」

という感じの起こらないのは悲しいことだった。胸の鼓動だけがやたら胸を打つ。落ち着け、落ち着け、天体の子じゃ、宇宙が送り出した天体の子じゃ、と僕はゆっくり近寄ってひざをつき、頭をなでて言った。

「元気に産まれてくれてありがとう。君が産まれるのを、心待ちにしていたんだ。元気に育ってくれなあ」

僕はぬるぬるした体を、布団でそっとふきながら話しかけた。その子はしょぼしょぼし

た目で僕を見ながら聞いていたが、

「ボクハ、リュウデス」

　と、か細い声で言った。

「おお、君は竜か。しゃべることもできるのか。よかった、よかった。竜くん、竜くんは僕の弟だ。さて、竜くん、君に食べ物をあげなくちゃね。竜は哺乳類(ほにゅうるい)に属するのかなあ。そうだなあ、ミルクを飲んでみるか」

「アリガトウ。デモ、ボクハ、テンタイノコダカラ、ゲカイノモノハ、タベナイ。オカアサンガ、ボクノオナカニ、タベモノヲ、イレテクレル」

　天体の子という言葉に、僕はぞくっと身震いした。あれこれ考えた末に、まあ、天体の子としておこう、と適当に出した答えが当たったのだ。僕は天体という言葉は知っていたが、何が天体なのか、はっきり知っていたわけではなかった。

「竜くん、竜くんの呼び名は、竜くんじゃあ、ちょっと呼びにくいなあ。竜くんにふさわしい呼び名があるはずだ。空を翔る勇ましい名前が—。ハヤブサはどうかなあ」

　竜くんはあまり気乗りがしないように見えた。

「そうか、ハヤブサはいいと思うけど、なんとなく鳥って感じだなあ」

「それじゃ、ハヤトはどうかなあ」

竜くんは何か考えているふうに見えたが、頭をちょっと横に振るしぐさをした。

「そうか、ハヤトは人間っぽいもんなあ。薩摩隼人って感じだよなあ。そうだ！　竜くん、ハヤテはどうだ、疾風のように空を翔るハヤテは。竜くん、ハヤテに決めようよ」

僕は竜くんに相談というよりも、半ばうながすように言った。すると竜くんはうなずいた。

「そうか、ハヤテでいいんだな。大きくなれよ、ハヤテ。大きくなって、空を翔けるんだぞ」

ハヤテは目を細めてうれしそうにした。僕が竜くんの得心がいくように命名した感動の一瞬だった。

ハヤテが大きくなって空を飛ぶようになれば、と思った時、僕の心はぶるっと震えた。僕の頭はとんでもない方向へ展開していく。ハヤテにまたがって大空を翔けめぐるのだ。

それから一ヶ月が過ぎた。ハヤテはもうはいまわるのも上手になっている。

「大きくなったなあ、ハヤテ。もっと大きくなったら、二人で遠くへ出かけような」

僕はもう弟を連れて散歩をする気分になって、たまらなくうれしかった。ハヤテがいとおしかった。学校から帰るとすぐに小屋に行って、ハヤテと話をして時を過ごした。ハヤテは言葉はおぼつかないが話は通じたからだ。

七月になると、太陽がじりじり照りつけて暑苦しい日が続くようになった。僕はハヤテに水浴びをさせてやろうと思ってバケツに水を汲んで小屋に行った。だが、ハヤテは小屋にいなかった。どこに行ったんだろうと心配になって、小屋の周りを捜し回った。

ハヤテは裏の竹やぶの中にいた。さすがハヤテは賢い、竹やぶの中で涼んでいる、と思ってハヤテを見た時、はっと胸に迫るものを感じた。ハヤテは空を見つめていた。

「ハヤテ、散歩だったのか。心配したぞ。もう帰ろうか」

僕はハヤテに声を掛けた。

「ハヤテ、散歩は夜の方がいいよ。昼は暑いからな。兄さんも一緒に散歩したいな」

僕たちはその日を境に、毎晩人々が寝静まってから草原などを散歩するようになった。ハヤテは草原に行くと大地を蹴る練習をした。僕はハヤテの成長を喜びながらも寂しくなっていく、そんな葛藤（かっとう）に苦しんでいた。それは別れの前兆のような気がしたからだ。

ハヤテはじーっと空を睨(にら)んでいるような日が多くなった。その寂しげな様子を見て感じていた不安は、悲しい現実となった。

「オカアサンガ、ヨンデイル」

「お母さんが?」

「ウン、オマエハ、ゲカイニスムコトハ、デキナイッテ」

「それじゃ、もう行くのか、ハヤテ」

「シカタガナイ。テンカイノジュウニンハ、ゲカイニスムコトハ、デキナイソウダ。ボクモ、ワカレタクナイ。ボクハカナシイ」

と声をつまらせた。

僕は涙が出そうになるのをこらえて言った。

「そうか、分ったよ、ハヤテ。元気で行けよ」

「アリガトウ、ニイサン。オカアサンニハナシテ、キットカエル」

兄さんと呼ばれて、僕はぐっと胸がつまった。本当に可愛いハヤテ。

「サヨウナラ、ニイサン」

ハヤテは大地を蹴った。うまく宙に浮いた。

「飛ぶのが上手くなったな、ハヤテ。それじゃ、気をつけて行けよ。さようなら、さようなら」

——行ってしまった。

流れる涙をぬぐいもせず、僕は呆然とハヤテを見送った。

僕の胸にはぽっかりと穴があいた。ハヤテがいない寂しさと悲しさが僕を打ちのめした。天と地のへだたりは、ハヤテに生涯会えないという事を意味しているのだろうか。

ハヤテと別れてからの僕の生活は、それはもう、みじめなもんだった。食事はすすまず、学校も休む日が多くなった。

そんな日が続くうち、ハヤテと過ごした春から夏の終わりまでの長い季節が終わり、涼しい秋風の吹く季節となった。僕は開け放してある窓から幾度となく空を眺めていた。これはもう、ハヤテと別れてから僕の習慣になっていた。

「ハヤテ、お前はもう兄さんのことを忘れたかなあ。兄さんはこんなにハヤテのことを思って寂しい日々を送っているのに」

わびしい思いで机に向かったが、机に向かっても勉強する気にもなれずぼんやりとハヤテのことを考えていた。

その晩、夜半過ぎのことだった。トントンと窓をたたく音がした。こんな時間に窓をたたく人は誰だろう。僕は浅い眠りに落ちていたらしく、ぼんやりしたまま窓を開けた。そのとたん、ハヤテの全身が浮き彫りになった。

「ハヤテ、元気でいたか！　よく来てくれた！　兄さんは待っていたぞ」

僕ははやる気持ちをおさえきれず、窓から体を乗り出してハヤテの首を抱いた。

「ニイサン」

と、か細い声がして、ハヤテは僕に首を抱かれたまま、すぅっと上空に翔け昇った。

「ハヤテ、空を飛ぶのが上手になったなあ。頼もしいよ」

「レンシュウシタンダ。キョウハ、ニイサンヲムカエニキタ。ボクノスムテンカイヲミセタイ。オカアサンモ、オレイヲイイタイソウダ」

「そうかい、ハヤテ、ありがとう。だけどお礼はいいよ。こうしてハヤテと一緒に空を飛べるんだもの」

話しながら僕はハヤテの体に顔をすりつけていた。ハヤテは、すいすいと上昇していった。行けども行けども果てしのないような空が広がる天界は、美しいようでもあるし荒れ果てているようでもあった。天界の風は僕の頬や手足をなでて流れていった。しばらくしてハヤテは言った。

「ツイタヨ、ニイサン。ココガ、ボクノスムテンカイダ」

ハヤテが僕を降ろした所は、見渡す限りの砂漠のようだった。

「そうか、天界は広々としていていいなあ。こんな広い所にハヤテだけが住んでいるのか」

「ボクハ、テンカイヲ、オサメル」

「それじゃ、天界の王か」

「イヤ、チガウ。オカアサンガオラレル」

「お母さんはどこにおられるの?」

「ボクノオカアサンハ、コノテンカイダヨ」

僕は目をぱちくりさせた。

「カタチハナイガ、カミナリヤ、イナズマヤ、カゼヤ、アメナドガ、クルシンデタマゴヲウンデクレタ。ダケド、イマズマガ、アヤマッテ、ソラヲキリサイテシマッタンダ。タマゴハ、イナズマガ、キリサイタスキマカラ、ゲカイニオチテシマッタソウダ。ソレヲ、ニイサンガミツケテ、タイセツニソダテテクレタ。リュウニウマレタノハ、ボクダケダ。ダカラ、ボクハ、テンカイヲオサメル」

ハヤテが話し終わるとすぐに、どこからともなく声がした。

「イサムサン、ハヤテヲソダテテクレテ、アリガトウ。イツマデモナカヨクシテネ」

声はとぎれた。

宇宙が初めて生んだ竜。この宇宙に初めて生まれた竜を、僕が育てたのだ。僕の体を感動が突き抜けた。

ハヤテは僕を乗せていつでも空を翔けめぐるそうだ。母なる宇宙の神様が許してくれたといってハヤテは喜んでいる。

「ニイサン、ボクガソダッタイエニ、イッテミタイ」

宇宙の王はあどけないことを言った。僕はうれしかった。

「そうだったな、ハヤテ。ハヤテには家があったんだ。それじゃもう、下界に下りようか」

「ニイサン、オリルゾ！」

ハヤテは、体をうねらせて泳ぐように下降し、自分が生まれた小屋に降り立った。小屋はハヤテがいた頃のままにしてあった。

「ニイサン、ボクハ、コノイエガナツカシイ。テンカイカラ、マイニチナガメテイルヨ」

「そうか、この小屋はボロ小屋だから、両親に頼んで新しく造り直すよ」

「ニイサン、ボクハ、コノママノホウガイイ。コノママノホウガ、ナツカシイヨ。ダケド、キョウハモウカエルヨ」

「もう帰るのか。そうか。じゃあ気をつけてな。さようなら」

僕は寂しかった。ハヤテはもう天界の王だ。竜王さまだ。僕の弟というにはあまりにも畏(おそ)れ多い。僕は下界から拝むしかない。僕はハヤテを敬い誇りに思う気持ちと、もう弟と呼べない寂しさに気持ちが沈んだ。


寂しい日々が僕を苦しめた。父と母は他人を見るような目で僕を見ているような気がしてならない。僕はいったい誰なのだ。竜王の兄貴か、農家の息子か。僕は人生の分岐点に立ってぐっと空をにらんだ。空は深く青く澄んでいる。僕は、はっと目をこらした。空に一点の黒い影が見えるのだ。そしてだんだん大きくなってくる。

「ハヤテだ！　竜王だ。竜王さまだぁ！」

僕は思わず叫んだ。

「ソンナヨビカタハイヤダ。ニイサンハ、イツマデモ、ボクノニイサンダ。キョウハ、ニイサントイッショニ、ゲカイノパトロールダ」

僕たちは空を飛んでいる。小さな島影は見えなくなった。今は海の上だ。海の青が反射して、上空は青く澄み渡っている。

「ハヤテ、海を眺めていい気持ちだね。希望は無限って感じだ。勇気が湧いてくるね」

「ウン、ソウダネ。キボウハ、カギリナクゼントニカガヤイテイル。ボクモ、ウミノウエヲトブノガスキダ」

僕はハヤテと話しながら空を飛べて楽しかった。まるで夢の中にいるようだった。

「ニイサン、モウ、ダイトシノソラノウエダヨ」

「そうか、やっぱり海の上の空気とは違うね。何だかむせっぽい感じだねえ」

「ソウ、ニンゲンノダス、ハイキガスダヨ。ボクガ、キレイナクウキニスル」

「どういうふうにして？」

と、僕は聞いた。

「ボクハ、テンチヲシハイスルオウダカラ、カゼヲヨブ。アマグモモヨブ。カゼハ、ヨゴレタクウキヲフキハラウ。アマグモハ、アメヲフラセテ、ヨゴレヲアライナガス」

「そうか、それで人間の出した排気ガスがきれいに洗われるんだね」

僕は竜王のそばにいられるのがうれしかった。

しばらくしてハヤテが言った。

「ニイサン、モウ、カエロウ」

僕らは大都市の空を後にし、再びさわやかな海の上を飛んで、小屋の上に急降下した。

「ニイサン、コンドクルトキハ、ニイサンノスキナトコロヘイコウ。ガイコクヘモイコウ。ボクハ、ガイコクノソラノヨゴレグアイヲミタイ」

「ありがとう、ハヤテ。兄さんも世界中を見てみたいよ。希望は海や空のように清々しく果てしない。外国は行ってみたい所はたくさんあるけど、そのなかでもパリ、ローマ、ギリシャを見てみたいなあ。ビルマもいいねえ。ああ、早く行ってみたいなあ」

僕は学校に行って、竜王のことや、空中旅行のこと、外国に行けることなどを、学友たちに自慢したいと思った。だけど、学友たちはうそだと言って皆笑うだろうなあ。そんな時、竜王が下界に下りてきて僕を乗せるのだ。僕を乗せて空中を飛行して、学友たちに見せてくれ。その時、学友たちは目を丸くして眺めるだろう。

「ニイサン、ソンナコトヲクウソウシテ、ムネヲオドラセテイルンダ」

と、ハヤテは目を細めた。

ハヤテが後で教えてくれたが、両親はあの大雨以外のことは何も知らないそうだ。あのすさまじい落雷の恐怖、空を引き裂いた稲妻、にわかに起きた突風、空から落ちてきた卵、僕が恐怖に震えていたことなど、両親は全く知らないそうだ。僕だけが知る宇宙の異変だと、僕は怖くなった。

それはハヤテの誕生の秘密を守るための天体の計らいだったと、ハヤテは教えてくれた。天体の子が下界に生まれたことはどこまでも秘密にする必要があると。

その頃から、僕と両親の間は気づかない程度に疎遠(そえん)になったような気がする。僕は卵の時からハヤテを愛した。両親に秘密を持っても何のやましさも感じなかった。ハヤテが卵から産まれて小屋で一人寂しげにしていた時、僕は予想とは違う動物を見てたじろいだ。でも、

「ボクハ、リュウデス」

という細い声を聞いた時、その子が可愛くいとおしくなった。

そしてもう僕はハヤテに夢中になっていた。

天地は、僕がハヤテといる間は、僕の分身を両親のそばにおいた。そうだ、だから実際には僕と両親はいつも変わらぬ生活をしていたことになる。またハヤテと連れ立って散歩する時、村の人達によく出会った。だけど村の人達には僕たちは見えなかったらしい。だから声をかける人は一人もいなかった。全く不思議な現象である。

なぜ宇宙はこれほどまでに竜の存在を人間の目から隠そうとするのだろうか。宇宙はある意志によって、天体の外に、宇宙を自由に動きまわり、汚れた空気を清めて治める者が必要になった。だから天体の全ての存在に、宇宙を治める者を作り出す細胞を出させた。それらの細胞は限りない年月を経て、少しずつ形を作り固体に近づいた。雷と稲妻は雨と風に手伝ってもらい、天体は完全な卵を作るために断末魔の苦しみを経験した。天体の共同体が苦しみ暴れて完全な卵（竜）を作りあげたのだ。しかし稲妻が失敗した。空を切り裂いてしまったのだ。卵は空から落ちた。

天体の卵は僕の庭に落ちた。その時から宇宙は僕を別の世界へ連れていった。雷や風や雨や稲妻の、断末魔（だんまつま）のような苦しみは僕だけが見たのだ。僕の両親は同じ屋根の下にいながら、雷のあの激しい音にも、稲妻の目を射る光にも、激しい突風にも、庭に濁流（だくりゅう）を作るほどの豪雨にも、ドーンと卵が落下した時のものすごい衝撃音にも気づかず眠りこけていた。卵の落下はこの家を揺さぶったのに、だ。

それからの僕は、足が地に着いていないようなふわふわと浮ついたものだった。ハヤテが僕の全てだったような気がしてならない。でも両親との毎日の生活はそれまで通りだった。


ある日、父が僕に言った。

「勇、今度の日曜日は、お父さんの手伝いをしてくれないか」

「うん、もう期末試験も終わったし、大丈夫だよ」

「そうか、じゃ、頼むよ」

何の仕事だろうかと、僕は思った。

「お父さん、どんな仕事を手伝うの？」

「ああ、あの畑のぼろ小屋をふき替えようと思ってな」

僕はどきっとした。あの小屋には、たとえ両親といえども入ってはならない。竜王が誕生した聖なる小屋だ、入らせてなるものか。

「お父さん、あの小屋をふき替えてどうするんですか？それだけは止めてください。僕は手伝わない」

「どうしてだ？　あれはもうふき替えないと使えないのだ」

「ふき替えなくてもいいよ、お父さん。あの小屋は僕の所有にしてください。その他は何も要りません」

父と僕のやり取りを見ていた母がとりなすように言った。

「お父さん、あの小屋をふき替えなくても別に困ることはないでしょう？　勇の好きなようにさせてあげてください」

僕の真剣な態度に圧倒されたのか、父は小屋のふき替えを止めた。

それから、さっそく僕は、

「この小屋に入ることを禁ずる」

と立て札を書いて立てておいた。そんなことをしなくても誰も入る気遣いのない小屋なのだが、念のために僕は立て札を立てた。

ここは竜王が誕生した小屋だ。僕だけが知る、聖なる小屋なんだ。初めてハヤテが自分の育った小屋から天界に翔け昇った日、宇宙は竜の存在を人類に公開した。

「あっ、竜が飛んでいる。竜王さまだぁ！」

と、源じいが叫んだ日だ。

（二〇〇五年）

二十年ほど前、当時小学校三年生だった孫が「自分が主役の物語の一場面を絵にする」というテーマで描いた絵を見せてくれました。竜と手をつないで楽しそうに空を飛んでいる少年の絵です。その絵と「空から落ちてきた卵を温めると竜が産まれたんだよ」という孫の言葉を聞いて、「ハヤテ」を書きました。

Ⅳ

詩二編

秋　冬　そして春

輝く空の一点に神の座ありて
秋の神々が野山にお降りになり給う
おゝ　野よ山よ輝け　美しくなれ
神々の焚き上げられたかがり火は
妖しき焔となって野山にくまなく昇り行く

仄かに紅潮した野山の中に
冷たい風が忍び込み
秋の乱舞をこころみたが
木々たちはとり合わなかった

秋はまだ若いのだ

赤や黄色や紫のぶち紅色のぶち
あゝ　その色彩の艶めかしさに
人々の感動は絶頂にかけのぼる

自然が創りだした造形美
その美が極限に達した時
秋のもの哀しさがかすかに漂うていた
それはもう死に化粧だからだ

木枯らしが吹き
サラサラサラサラさざめいて
枝を離れる木の葉たち
それはもう葉ずれのささやきでなく

乾いた声は老人のものだ

一葉もまとわぬ裸木の悲しさ
冬の鬼神が押し寄せてはなぶり
生きず死なずのむごい仕打ち
つれなく冷たい試練の日々

しかしもう春の若き神々が
美しい衣を織りなした頃
若草色に輝く衣をふんわり着せて
美しい花を咲かせるのだ

（同人誌『コスモス文学』一九九六年〔平成八年〕）

皆既日食　吾が少女期の思い出

思い出は　きら星に似し命の秋　心の奥に光増しつつ

長閑な朝に平和な予感がして
父はとこことこと畑に行かれた
私の主婦の真似事は
夏の陽気に汗ばんだ箒を立て掛けて
ふと空を見上げた

三十秒、一分、一分二十秒
異様な陰りを感じて又五十秒

ああ　太陽に火がついた
ぶすぶすぶす　太陽が燃えている

太陽は焦げを残してゆっくり燃えている
ああ　ついに燃え尽きた　世は暗闇だ
慌てて鶏たちが我先にと木にのぼる

父が慌ただしく畑から戻り
へらを入れたモッコーを力なく置いて
「天太ガナス、天太ガナスヌドゥ　フムリーワーリ」
父の呟きは私に教える

私は空を睨んだままの放心
父は「天太ガナス、天太ガナス」を繰り返す

星が輝いた
群星が空を蘇らせる
白昼の星空に魅了される人々
父の呟きも消え
深い沼に魂は沈んで行く
地球は一瞬死に絶えた

その時　鶏が鳴いた
父の吐息がかすかに聞こえ
私の胸はどきんと脈打つ

闇に投じた命の音
鶏の本能が告げる夜明けの声
太陽がふたたび蘇えるのだ

生まれ故郷の多良間島で、父と二人で暮らしていた頃のことを書きました。

（同人誌『コスモス文学』一九九六年［平成八年］179号）

あとがき

七十歳になった頃から、楽しみに詩やお話を書くようになりました。苦労もありましたが、書き上げると愛着がわき、一つ一つの作品がまるで子どものように大切に感じられます。

「デイゴ森の動物たち」、「忘れられた傘の会」、「キツネ狩り」の三作品は二〇一二年に絵本にして出したものです。今回、その三つのお話と自分で描いた絵も載せていただけることになりました。

書きためたお話をまとめて本をつくりたいと思ってから十年以上が経ちました。ようやく夢が叶い、喜びと感謝の気持ちでいっぱいです。

この本を読んでくださった皆さま、本づくりをお助けいただいた新城和博様はじめ、ボーダーインクの皆様、本当にありがとうございました。

平成二九年　初夏

豊島清子

豊島 清子　とよしま きよこ

1923年（大正12年）生。
多良間島出身。
石垣島在住。

忘れられた傘の会

２０１７年９月30日　初版第一刷発行

著　者　豊島　清子
発行者　池宮　紀子
発行所　㈲ボーダーインク
沖縄県那覇市与儀２２６―3
http://www.borderink.com
tel 098-835-2777　fax 098-835-2840
印刷所　でいご印刷
定価はカバーに表示しています。

JSRAC 出　1711239-701

ISBN978-4-89982-326-1 printed in OKINAWA Japan

傘の会